KB130411

내 인생의 비전과
마일스톤

내 인생의 비전과 마일스톤

초판 1쇄 발행 2022년 1월 11일

지 은 이 손영환
발 행 인 권선복
편　　집 오동희
전 자 책 오지영
교정교열 권보송
발 행 처 도서출판 행복에너지
출판등록 제315-2011-000035호
주　　소 (157-010) 서울특별시 강서구 화곡로 232
전　　화 010-3267-6277
팩　　스 0303-0799-1560
홈페이지 www.happybook.or.kr
이 메 일 ksbdata@daum.net

값 22,000원
ISBN 979-11-5602-952-6 (03810)

Copyright ⓒ 손영환, 2022

* 이 책은 저작권법에 따라 보호받는 저작물이므로 무단전재와 무단복제를 금지하며, 이 책의 내용을 전부 또는 일부를 이용하시려면 반드시 저작권자와 〈도서출판 행복에너지〉의 서면 동의를 받아야 합니다.

도서출판 행복에너지는 독자 여러분의 아이디어와 원고 투고를 기다립니다. 책으로 만들기를 원하는 콘텐츠가 있으신 분은 이메일이나 홈페이지를 통해 간단한 기획서와 기획의도, 연락처 등을 보내주십시오. 행복에너지의 문은 언제나 활짝 열려 있습니다.

내 인생의 비전과 마일스톤

글로벌 교육을 위한 아메리칸 드림의 성취

손영환 (David Sohn, Doctor of Management)

도서
출판 행복에너지

추천사

이동원 목사(Rev. Dr. Daniel Lee)
지구촌교회 Founder와 원로목사
지구촌목회리더십센터 대표

　우리는 모두 익숙한 곳에서 익숙한 방법으로 편안한 성
공을 꿈꾸며 산다. 그러나 역사에 기념비적 흔적을 남긴 성
공은 모두 의외의 장소에서 의외의 방법으로 도전한 결과
물이다. 데이비드 손 박사(손영환 집사)의 삶은 그런 도전의
결실이다.

　그래서 결국 우리는 이런 도전의 여정이 하나님의 개입
과 인도임을 고백하게 된다. 곧 하나님의 마일스톤이다.

　한국 육사 출신으로 한국이 아닌 미국이 그의 도전의 필
드였고, 마침내 그의 고국과 동남 아시아까지 선한 영향력
을 남길 수 있었다. 군사학이 아닌 교육, 경영, 건설, 매니
지먼트로 꿈꾸는 자의 결실을 보여준 것이다. 나는 소수 민
족을 대표하는 비즈니스 리더로 그가 미국의 수도 워싱턴

에서 한창 꿈의 벽돌쌓기를 하고 있을 때 그가 출석하고 있었던 교회의 담임목사로 그의 도전적 삶을 기웃거려 본 증인의 한 사람이다.

그는 소수민족이란 한계를 넘어서서 미국의 주류 사회에 도전장을 내밀었고 불가능하게만 보이던 일을 성취할 수 있었고 마침내 그의 조국에도 기여하는 삶의 흔적을 남겼다. 그리고 마침내 사이버 공간에 도전하는 글로벌 유니버시티의 총장으로 수많은 젊은 영혼들에게 글로벌 비전을 품고 살도록 도왔다. 나는 그에게서 성경에 증언된 믿음의 사람 요셉과 닮은 얼굴을 본다. 저 꿈꾸는 자를 보라!

"요셉은 무성한 가지 곧 샘 곁의 무성한 가지라 그 가지가 담을 넘었도다"(창49:22). 그는 한계라는 담을 넘어서 선한 영향력의 열매를 맺은 사람이다. 그것은 그가 영원의 샘 곁에서 인생의 뿌리를 내린 때문이다. 나는 손 박사에게 그런 샘을 제공한 것은 그의 현명한 아내요 배우자인 손목자 집사의 동행과 기도 때문이라고 믿고 있다.

부디 이 하나님의 마일스톤이 자신의 한계를 넘어서서 인류의 여정에 선한 영향을 남기고자 하는 모든 꿈쟁이들과 다음 세대의 교과서가 되기를 기원해 마지 않는다.

　이제 포스트 코로나 시대를 바라보며 새 역사를 꿈꾸는 오늘, 뉴 노멀한 일상의 도전을 시작하는 우리 모두에게 이 책에서 배우는 레슨이 우리의 삶의 감동이 될 것을 믿어 의심하지 않는다.

주후 2021년 늦가을 열매의 계절에

이영근 (Young Geun Lee, PhD.)
현 명륜중앙교회 장로
현 한국뉴욕주립대학교 석좌교수
전 인천공항공사 부사장, 전 인천경제자유구역청장

　아메리칸 드림을 꿈꾸며 미국에 유학 가셔서 성공하신 손 회장님을 만난 것은 인천공항 마스터플랜을 세우는 중인 1990년대 초반이었다. 그때는 세계 최대 규모의 공항을 건설한 경험이 없는 우리들에겐 반드시 미국 연방항공청(FAA)의 도움이 필요한 시기였다. 당시 손 회장님은 전직 FAA의 관료들을 본인이 경영하시는 ICT 회사에 직접 영입하여 우리 마스터플랜에 대한 자문 역할을 할 수 있게 해주셨으며 그 덕분에 인천공항이 서비스 제일의 세계적인 공항으로 오늘과 같이 성장할 수 있게 되었던 것이다.

　이와 같이 인천공항의 시작에 많은 도움을 주신 손 회장님과 나는 여러 가지 면에서 비슷한 점들이 있다. 인천에서 학교를 다녔다는 것, 인천공항 설계 및 건설과정에 함께 참여하였다는 것, 한국 방문을 할 때마다 바쁜 일정 가운데

에도 제가 섬기는 교회의 예배에 참석하는 크리스천이라는 것 등이다.

이후 손 회장님은 미국 동부에서 빠르게 성장하여 중소기업상을 수상한 회사에 뒤이어 처분하고 느지막하게 IGlobal 대학교를 설립하셨다. 이것은 그의 사업을 통해 얻은 리더십과 경영에 대한 경험을 젊은이들에게 전수시키고 싶은 그의 마음과 하나님의 섭리가 협력하여 이뤄진 일이었다.

물론 이와 같은 일을 이뤄내기 위해 그가 많은 어려움들을 이겨냈으리라고 생각한다. 요셉이 형들에게 미움과 시기를 받아 애굽으로 팔려가, 처음에는 모함도 받고 고생도 하였으나 결국 총리가 되어 애굽에 온 형들에게 나를 보내신 이는 "당신들이 아니요 하나님이시라"고 고백했던 것과 같이(창 45:8), 손 회장님도 그가 하는 일을 통해 하나님의 뜻을 이루고자 애써왔으며 지금도 노력하고 계심을 보게 되는 것이다.

오늘 우리는 한 번도 경험하지 못했던 위드 코로나 시대에 살고 있다. 미래가 불확실한 가운데 미국 유학을 시작으로 기업가와 교육자로서 성공하신 그의 여정과 경험들을 기록한 이 책이 무엇보다 코로나로 힘든 시간을 보내고 있을 젊은이들에게 큰 힘이 될 뿐 아니라, 살아계셔서 오늘도 역사하시는 하나님에 대한 믿음을 더 굳건히 하게 되는 계기를 만들어주길 바란다.

이번 출간되는 귀한 자서전은 손 회장님의 삶의 여정을 오랫동안 함께 하였던 나는 물론 항상 기도로 도우시는 사모님과 온 가족들에게 큰 기쁨이 될 뿐 아니라, 우리 하나님께서도 칭찬과 격려를 아끼지 않을 것이라 믿는다. 한글판으로서의 이 책이 몽골어, 카자흐스탄어, 러시아어, 네팔어 등으로 번역이 되어 앞날에 대한 불확실성과 두려움으로 힘들어하는 모든 분들에게 큰 희망을 주는 귀한 간증서가 되기를 기대하면서 격려의 글로 갈음하고자 한다.

2021년 11월 인천공항이 보이는 송도에서

고상환 목사(Rev. Dr. Sang Hwan Ko)
실리콘밸리 세계선교침례교회 담임목사
Gateway Seminary 초빙교수(Adjunct Faculty)
Southwestern Baptist Theological Seminary 초빙교수

'꿈을 꾸고 있는 자는 청년이며 꿈꾸는 자는 멈추지 않음'을 내가 제자들에게 가르칠 때마다 소개하는 사람이 바로 손영환 박사(Dr. David Sohn)이다. 나는 그를 미국 메릴랜드의 워싱턴지구촌교회 부목사 시절에 만나 과분한 사랑을 받았다. 나의 바쁜 목회와 버거운 박사과정 공부에도 인내하며 노력하도록 아메리칸 드림의 본을 보여주신 분이 바로 손영환 박사이다. 그를 생각하면 내 머릿속에는 그의 역량(Capability), 인격(Integrity), 영성(Spirituality)이 떠오른다.

손 박사의 어떤 목표나 힘겨운 일도 포기하지 않고 마침내 달성해 가는 탁월한 지식, 기술, 경험을 보며 그의 탁월한 역량(Capability)을 알게 되었다. ICT라는 IT회사를 경영하던 때 모두가 은퇴를 생각할 나이에 꿈을 좇아 박사(PhD) 공부를 마쳤다. 목회자로서 나는 손 박사의 삶과 일터의 많은 고난과 도전들을 듣고 지켜보며 그 모든 어려움에도 포기하지 않고 목표를 이루어 나가는 것을 보았다. 미국의 소수민족으로서 삶의 어려움을 나는 알기에 그를 생각할 때면 그의 탁월한 역량도 함께 생각난다.

또한 그의 성숙하며 겸손한 인격(Integrity)을 나누지 않을 수 없다. 자신을 스스로 드러내지 않는 겸손함으로 어려운 이웃들을 보면 그의 아내(손목자)와 함께 늘 연민의 정을 나눠주는 인격의 소유자이다. 미국연방항공청(FAA)의 관료들과 함께 ICT 회사를 설립 운영하며 인천국제공항을 세계적인 공항으로 지었던 이야기도 그분과 가까운 교우들을 통해서 비로소 들을 수 있었을 정도로 겸손한 분이다.

그리고 시간이 지날수록 손 박사의 삶에서 점점 드러난 것이 바로 경건한 영성(Spirituality)이다. 하나님과의 막힘 없는 교제를 위해서 노력하며 예수님을 닮아가는 모습으로 선한 영향력을 온 세상에 펼쳐가는 것을 본다. 나는 이미 아메리칸 드림을 이룬 그로부터 더 큰 세상을 품은 하나님 나라를 위한 그의 미래 꿈을 들었다. 세계적인 인재를 곳곳에서 길러 하나님 나라를 이뤄가는 꿈에 대한 기도를 부탁받기도 했다. 그 과정은 결코 쉽지 않았지만 지금은 IGlobal University를 통해 그의 꿈이 이뤄진 것을 보고 있다. 아직도 나는 그를 만날 때마다 그에게서 하나님이 주신 더 큰 세상을 품은 끝나지 않은 꿈을 계속 듣고 있다. 그래서 여러 사람들을 격려하기 위해 그렇게 부르고 있는 것처럼 그분만을 '영원한 청년'이라고 부르고 있다. 그의 꿈을 처음 들었을 때 나는 그 길이 보이지 않았다. 그런데 그가 지나온 삶에서 이제는 누군가 쉽게 따라갈 수 있는 넓고 잘 닦인 길을 보고 있다. 겸손하여 자신의 업적이나 성취를 잘 드러내지 않는 손영환 박사이지만 시간과 공간을 넘어 많은 사람, 특히 고난과 도전에 직면한 이들에게 이『내 인생의 비전과 마일스톤』책이 읽혀져 용기와 힘을 얻을 생각을 하면 내 마음이 벅차다.

박옥춘(Ok-Choon Park, PhD.)
저서: 『자녀 스스로 성취하게 하라』
　　 『미래형 자녀교육법』
현: Senior Fellow, McREL International
전: Principal Education Researcher, U.S. Institute of
　　 Education Sciences
　　 Assistant Professor, State University of New York
　　 at Albany
　　 Affiliated Faculty, George Mason University and
　　 American University

　『내 인생의 비전과 마일스톤』은 미국 아이글로벌대학교 (IGlobal University)의 창립자이시고 초대 총장을 지내신 손영환(David Sohn)박사의 자서전이다. 1968년 유학생으로 미국에 온 손 총장은 대학원에서 전산과학을 공부하고 ICT 컨설팅 회사(International Computers & Telecom, Inc.)를 설립해 미국 여러 도시뿐 아니라 유럽, 아시아, 아프리카 등에 지사를 둔 국제기업으로 성장 발전시킨 성공한 기업가이다. 그는 지금도 세계 최고 국제공항으로 인정받고 있는 인천국제공항의 설계 건설에 직접 참여하여 고국의 현대화에 큰 기여를 했다. 손 총장이 ICT 첨단 선진국인 미국에서 이룬 기업인으로서의 성공 스토리는 거대하고 복잡한 미국 땅에서 사회의 적응과 활동영역에 한계를 느끼는 이민 일세들뿐 아니라 글로벌 시대를 맞아 미국을 비롯한 국제세계로의 진출을 꿈꾸는 많은 젊은 사람들에게 희망과 용기를 북돋아 준다.

또 손 박사는 아시아 개발 도상국들을 비롯하여 세계 곳곳에서 현대 기술교육의 혜택을 받지 못하는 많은 사람들에게 ICT 첨단 교육의 기회를 제공하기 위해 2008년 IGlobal 대학교를 설립하고 2021년까지 초대 총장으로 교육활동에 전념했다. 나는 IGlobal 대학교가 위치한 워싱턴 디씨 북버지니아 근교에 살면서, 그리고 교육 연구평가 전문가로 IGlobal 대학교의 자문위원회에 참석하면서 대학교의 성장 발전을 위해 전념을 다하는 손 총장의 헌신적인 노력을 직접 지켜보았다. 손 총장은 학생모집을 위해 또 외국 대학의 초청을 받아 여러 나라들을 방문하면서 많은 특강과 스피치를 했다. 그때마다 손 총장은 자신의 영문 자서전인 『Divine Milestones』을 소개하면서 그의 모든 마일스톤적인 성취가 하나님의 계획과 인도로 이루어졌다는 증언을 통해 간접적인 선교활동을 했다.

누구나 사람은 일생을 살아 가면서 자기 나름대로의 크고 작은 마일스톤적인 사건들을 겪게 된다. 또 누구에게나 성공의 기회는 찾아온다. 그러나 대부분의 사람들은 삶의 과정에서 겪게 되는 크고 작은 모든 경험들을 운명으로 받아들이고 찾아온 기회의 포착과 실현도 자신의 판단과 노력에 의존한다. 기회에 과감히 도전하지도 못하고 성공으로 이끌지도 못한다.

『내 인생의 비전과 마일스톤』을 통해서 손 총장은 자신의 삶의 과정 속에서 겪게 된 이벤트들을 하나님께서 자신을 위해 미리 준비하신 계획으로 믿고 자신에게 주어진 기회에 과감히 도전할 수 있는 용기와 자신감을 갖게 되었음을 증언하고 있다. 또 포착한 기회의 실현을 위한 플랜들도 하나님께서 주신 가이드라는 믿음 속에서 힘있게 추진할 수 있었다고 고백한다.

새로운 희망과 꿈을 갖고 글로벌 세계로의 진출을 꿈꾸는 젊은 사람들뿐 아니라 지나간 삶을 되돌아보고 미래를 계획하는 모든 사람들에게 손 총장의 자서전『내 인생의 비전과 마일스톤』의 필독을 권한다. 자신의 삶 속에서 경험한 하나님의 플랜을 이해하고 성공적인 미래를 위해 이끌어 주실 하나님의 가이드를 충실히 따를 수 있는 믿음을 갖게 해 줄 것이다. 또 경영학을 공부하거나 비지니스를 플랜하는 사람들도 자신의 삶에 역사하시는 하나님에 대한 믿음이 비지니스의 성공을 위해서 얼마나 중요한지를 깨닫게 될 것이다.

박용덕 박사(Dr. David Pak)
미주성서대학교 총장

　인간에게 가장 소중한 것은 생명입니다. 생명의 원천적 힘은 지도자의 성향에 달려있습니다.

　인간은 살아 있는 날까지 지도자의 길 위를 걷습니다. 아이글로벌대학교(IGlobal University) 설립자 손영환(Dr. David Sohn) 총장님의 지도자론 및 자서전 격인 이 책은 모든 경영 대학의 필독서며 많은 교재로서 사용할 충분한 가치가 있기 때문에 추천합니다. 또한 손 총장님은 자기를 위한 하나님의 계획이 '교육을 통하여 세상을 변화시키는 것'이라고 믿고 하나님이 세우신 마일스톤들을 통하여 하나님의 계획을 성취했다고 믿고 있기 때문에 기독교 대학생들, 특히 Christian Leadership을 배우는 학생들에게도 꼭 추천하고 싶은 책입니다.

　인간은 내가 무엇을 얼마나 아는가보다 내가 누구를 알고 있는가 또 누가 나를 아는가를 우선으로 칩니다. 누구를 만나고 누구를 믿고 있는가에 따라 한 인간의 운명이 결정됩니다. 손 총장님의 책을 통해서 한 지도자를 만나고, 또 한 지도자와의 만남을 통해서 하나님을 향한 믿음, 따뜻함, 평안함, 사랑을 발견합니다. 사람을 사랑할 줄 아는 지도자가 진정한 자도자의 모습임을 이 책을 통해서 만나게 됩니다.

황필남(D.Min & D.Miss)
저서: 『하나님은 나의 피난처』
　　　『나머지 일곱은 어디 있느냐?』(몽골어 판)
현재: 워싱턴몽골교회 담임목사(선교사), 워싱턴대학교
　　　(WUV), 워싱턴신학교(WTS) 선교학 교수
　　　UBI(Union Branch International) 대표

　손영환(David Sohn) 박사는 30세 때인 1968년 아메리칸 드림을 성취하기 위해 미국에 유학 온 평범한 한국인 청년이었다. 그는 먼저 미국 대학원의 전산과학을 공부하며 기업 운영을 위한 실력을 쌓아갔다. 13년 후인 43세 때 ICT, Inc.라는 국제 컴퓨터와 텔레콤회사를 설립하여 11년간 아주 성공적인 경영을 하였다(1981-2002). 또한 손 박사의 ICT회사는 세계적인 인천공항 건설의 주계약자(Prime Contractor)로 처음부터 완공까지 활약했다. 손 박사는 6년 후인 2008년 IGlobal 대학교를 설립하여 82세가 되기까지 교육사업에 전념하였다(2008-2020). 특히 유럽, 아시아, 중동, 아프리카, 남미 등 50여 개국 학생들에게 이민자로서 체험한 성공담을 전수하고 장학금을 줘 가며 졸업시켜 세계에 내보냈다.

　그의 가족은 미국 주류 사회에 도전하여 성공한 것 외에도 하나님을 믿는 신앙이 신실했다. 내가 몽골에서 20년 간 선교사로 사역했던 기간 중인 1993년에 손 박사님의 둘째 아들인 에드워드 손 청년이 몽골에 단기선교로 찾아와 청소년들을 위해 영어를 가르치며 헌신했다. 또한 아내 손 목자 권사님은 Global 어린이 재단의 Founder 겸, 전 이사장으로 여성 리더십을 발휘하였다. 당시 몽골에 3년 동안 매년 2만 불을 보내 주어 불우한 환경 속에 살아가던 게르촌 어린이 공부방을 후원, 몽골 아이들이 글자를 깨우치도록 하였다. 손 박사님은 대학에서 차강사르 몽골 구정 행사(Tsagaan Sar)를 열어 이민자 학생들을 위로하고 장학금을 지급하며 몽골교회를 방문하여 기독교인에게도 장학금을 주는 등 신앙적인 선행을 이어갔다.

부름받은 아브라함이 이민지에서 아내를 빼앗겼지만 하나님의 은혜로 일천 개의 은을 얻었다. 아들 이삭은 가나안에서 농사하여 100배의 이익을 남겼으며, 손자 야곱은 이라크의 외삼촌 집에 도망쳤으나 가축 기업으로 거부가 되었다. 증손자 요셉은 애굽의 종살이와 감옥살이의 고통 속에서 하나님의 은혜와 믿음으로 국무총리의 축복을 받았다. 모두 믿음과 선교와 축복의 이야기들인데 손 박사님 내외분도 그렇다.

『내 인생의 비전과 마일스톤』책은 손영환, 손목자 내외분의 53년 미국 이민생활의 이정표이다. "하나님께서 여기까지 나를 도왔다"는 사무엘의 에벤에셀의 기념비, 삼백만 명이 요단강을 건너도록 도왔다는 여호수아의 열두 개의 큰 돌 쌓기, 블레셋 원수를 낙타 턱뼈로 일천 명을 죽인 후 목마를 때 부르짖자 하나님의 은혜의 샘물이 엔학고레(삿 15:19)였듯이 기업과 대학의 성공적인 운영은 기도의 산물이기 때문이다.

53년간을 미국 타향살이와 잘 뿌리 내려 성공한 인생을 살았고 선종했던(Well-Finish) 한인 기독인 기업가 손영환 부부의 인생 여정을 읽는 분들에게 하나님의 은혜로 얻는 성공적인 삶들이 무엇인지 혜안을 얻을 수 있기에 기쁨으로 추천한다!

2021년 11월 버지니아 버크에서

머리말

내 인생의 비전과 마일스톤

나는 1968년에 '아메리칸 드림(American Dream)'을 꿈꾸고 미국에 유학하여, 컴퓨터 엔지니어링 석사와 경영학 박사 학위를 받은 후, 경영학 교수로서 IT와 경영학을 캠퍼스 내와 온라인교육을 통해 많은 대학생들에게 가르쳐 왔다. 1990년대에는 내가 설립한 IT회사가 인천국제공항 건설 완공을 돕는 주계약(Prime Contractor) 회사로 활약했고, 2008년에는 아이글로벌대학교(IGlobal University)를 설립했다. 그 결과 나의 아메리칸 드림과 '나를 위한 하나님의 계획(예레미야 29:11)' 및 마일스톤들이 성취되어 '사람이 마음으로 자기의 길을 계획할지라도 그 걸음을 인도하는 자는 여호와시니라(잠언 16:9)'는 사실이 이루어졌다고 생각한다. 나는 지금까지 내가 받은 은혜를 간증을 통해 독자들과 축복을 함께 나누고 싶다.

나는 2016년에 영문 자서전 『Divine Milestones(Subtitle: A Global Vision Beyond The American Dream)』을 발간했고, 후에 한글 번역판을 내기를 바라는 요구가 있어 이번에 번역을 하게 되었다. 하지만 지난 5년 동안 책에 실을 많은 내용이 바뀌었기 때문에, 영문 번역판에 기준을 두되 변경된 사항에 대하여 간단한 설명과 함께 관련된 사진들을 한글판에 추가했다.

나는 하나님이 우리 인간을 '하나님 자신의 명예'를 위하여 창조하시되(이사야 47:3), 우리 개개인을 위한 특별한 계획(예레미야 29:11)을 가지고 있으시며, 또 우리가 세운 마일스톤들을 통해 그 계획을 성취하도록 우리를 인도하신다는 잠언 말씀(16장 9절)을 전하고 싶다. 나 자신이 이와 같이 하나님의 계획, 즉 나의 평생 비전을 2020년에 성취했기 때문이다.

나는 이러한 간증을 통해 많은 사람들, 특히 젊은 학생들에게 내가 어떻게 하나님의 계획을 발견하고 비전을 세운 다음, 실현

성 있는 마일스톤들을 통해 그 비전들을 성취했는가를 다음의
내용들로 설명하고자 한다.

첫째, 나는 1968년 30세가 되었을 때 예레미야 29장 11절을
통해 '나를 위한 하나님의 계획'은 "가장 혁신적이고, 효율적이
고, 또 저렴한 교육을 통해 한국 사회는 물론 세상을 변화시키
는 것"임을 깨달았다. 이 '하나님의 계획'을 나의 평생 비전으로
삼았고, 그 비전 성취를 위한 마일스톤 중의 하나로 '아메리칸
드림'을 꿈꾸었다.

둘째, 하나님은 내가 미국에서 아메리칸 드림을 성취하는 과
정에서 나로 하여금 인천국제공항 건설에 직접 기여할 수 있도
록 나를 구체적으로 인도하셨다(잠언 16:9). 나는 이 책을 통하여
내가 육군사관학교에서 4년간, 또 미국육군통신학교에서 1년간
전액 장학금으로 공부할 수 있도록 직간접적으로 도와준 대한
민국 육군에 대하여 깊은 감사를 표하고 싶다.

셋째, 나는 30세가 되었을 때 우리 인간이 탄생하는 것은 결
코 우연이 아니며, 하나님께서 개개인에게 독특한 계획을 세우
고 미리 우리를 창조하셨다는 예레미야 29장 11절의 말씀이 진

리임을 깨달았다. 하나님은 하나님의 계획, 즉 '축복과 희망과 미래를 약속한 계획'을 우리 자신이 깨닫기를 원하시고, 그 계획을 평생의 비전으로 삼은 다음 그 비전을 성취하기 위한 마일스톤들을 하나님의 인도하에 가능한 한 빨리 세우기를 원한다.

넷째, 나는 인간을 위한 하나님의 목적과 계획 및 마일스톤들의 원리를 내가 세운 IT회사와 아이글로벌대학교를 운영하는데 가장 성공적이고 효율적으로 응용했다. 그 결과 나의 IT회사는 한국, 대만, 홍콩을 비롯하여 독일, 탄자니아에 지사를 둔 국제 IT회사로 성장하면서 미국 동부에서 '가장 빨리 성장하는 기업'으로 표창을 받았다. 또한 아이글로벌대학교는 창립 후 10년 내에 세계 50개 국가에서 입학한 대학생들에게 학사 및 석사과정 교육을 제공해 왔다.

또한 나는 이 경영의 원리를 '경험에 의한 Case Study'란 제목으로 대학생들에게 가르치고 있다.

다섯째, 나는 우리의 평생 비전과 마일스톤들이 하나님의 계획과 일치할 때 하나님은 그 마일스톤 하나하나를 성취할 수 있도록 인도하신다는 잠언 19장 6절의 말씀을 깨달았기 때문에 하나님의 계획이자 나의 평생 비전을 2020년에 성취했다고 믿는다.

하지만 하나님은 "아직은 아니다!(Not yet!)"라고 하시면서, 내가 살아 있는 동안 이방인들이 그들 각자를 위한 하나님의 계획에 따른 평생 비전과 마일스톤들을 세울 수 있도록 나의 간증을 가지고 '땅끝까지 증거'하라고 명령하셨다(마태복음 28:19-20).

이를 위해 나는 한글판 자서전을 우선 영어, 몽골어, 카자흐스탄어, 러시아어, 월남어, 네팔어로 번역할 계획을 하고 있다. 내 자서전이 외국어로 번역되는 대로 외국에 직접 여행하면서 젊은 학생들에게 그들이 하나님의 계획을 깨닫고 비전을 세운 다음 마일스톤들을 통하여 비전을 성취하도록 나의 간증을 나누면서 격려하고 싶다.

2021년 12월
미국 워싱턴에서
손영환 (Dr. David Sohn)

목차

제1장

목적, 계획 및 마일스톤의 중요성 · · · · · · · · · · · · · · · · · 032

제2장

우주를 위한 하나님의 목적, 계획과 마일스톤 · · · · 040

'나를 위한 하나님의 계획'을 위해 세우신 10개의 마일스톤들 중 미국에서 성취토록 인도된 No. 8 마일스톤 ······ 110

마일스톤 8: 내가 미국에서 아메리칸 드림을 성취하는 데 필수적인 Leadership과
Management 능력을 최상의 교육과 경험을 통해 획득하도록 인도하신 하나님

제7장

'나를 위한 하나님의 계획'을 위해 세우신 10개의 마일스톤들 중 미국에서 성취토록 인도된 No. 9 마일스톤 ······ 156

마일스톤 9: 내가 미국에서 아메리칸 드림을 성취하도록 인도하신 하나님

제8장

'나를 위한 하나님의 계획'을 위해 세우신 10개의 마일스톤들 중 미국에서 성취토록 인도된 No. 10 마일스톤 ······ 169

마일스톤 10: '나를 위한 하나님의 계획'으로 세워진 나의 Lifetime Vision을 성취하도록 인도하신 하나님

제9장

'땅끝까지' 하나님을 증거하다
(Bear Witness to the Ends of the Earth) ·· 238

제10장

맺는 말 · 280

제 1 장

목적, 계획 및
마일스톤의 중요성

GPS Navigation System을 사용한 운전 경로(Driving Route)

21세기에 사는 우리들은 전 세계에서 일어나는 사건들을 실시간(實時間)으로 보고 또 들을 수 있을 뿐만 아니라 훈련받은 비행사(Astronaut)가 아닐지라도 우주여행을 할 수 있을 정도로 과학기술이 최고 수준에 달해 있다. 다음 세기에 사는 사람들은 어떤 첨단기술로 얼마나 더 편리하고 효율적인 삶을 살 수 있을지는 아무도 예측하기 어렵다.

나는 최첨단 과학기술로 만들어진 많은 기계(System), 예를 들어 Computer나 Smart Phone을 사용할 때마다 늘 하나님께 감사한다. 왜냐하면 우리 인간의 모든 지식은 하나님의 지혜와 총명으로부터 왔기 때문이다(에베소서 1:8). 특히 자동차 GPS Navigation System(Navigator)을 사용할 때, 더 많이 감사한다. 그 이유는 Navigator를 사용하는 절차가 우리의 일상생활을 상징한다고 생각하기 때문이다.

대학교 MBA 학생들에게 경영학 원리를 가르칠 때 Navigator 의 사용을 예로 들면서 여행목적, 계획 그리고 마일스톤들의 중 요성을 강조한다. 왜냐하면 모든 일, 그것이 여행이건, 사업이 건, 또는 회사의 Project이건, 목적(Purpose), 계획(Plan) 그리고 마일스톤들(Milestones)을 세우는 절차를 밟지 않고 시작한다면 실패할 확률이 크기 때문이다.

우리는 휴가, 출장, 고향방문, 관광 등 다양한 목적으로 장거 리여행을 자동차로 떠날 때가 있다. 우리는 여행을 떠나기 전에 여행목적에 따라 세부적인 여행계획을 세운다. 여행계획에 가 장 중요한 것들은 여행목적지의 환경, 여행기간, 여행비용, 출 발시간, 경유지 등이 될 수 있지만, 먹고 자고 또 입는 옷에 대 해서도 계획을 세워야 한다. 특히 시간 계획을 짤 때에는 출발 지 떠나는 시간, 중간 경유지 운행 시간, 종점 도착 시간, 그리 고 귀가하는 시간들을 포함하게 된다.

이렇게 여행목적 및 계획을 마친 후 출발 전에 차를 타고 Navigator에 필요한 data를 입력한다. Navigator를 통해 내가 어떤 도로와 어떤 도시들 (Milestones)을 지나서 목적지에 도착할 수 있는가를 미리 확인한다.

목적, 계획과 마일스톤의 중요성

아주 상식적이고 대부분의 우리가 거의 매일 반복하는 일이지만, 회사를 창업한다든가, Project Manager로서 대규모의 Project를 설계할 때, 이 Purpose, Plan and Milestones(P. P.M.)의 원리는 중요하다. 내가 가르친 대학생들의 Feedback을 들을 때가 있다. Project Manager로서 일하면서 Navigator 사용을 기억하며 Project의 목적, 계획 및 마일스톤들을 철저히 세운다고 농담 삼아 말하는 학생들이 있다.

만일 우리의 평생 삶을 Project로 간주한다면, 우리 삶의 성공을 위해서 우리는 더 세밀하고 더 철저한 목적, 계획 및 마일스톤들, 즉 P.P.M.이 필요하다.

우리에게 가장 중요한 Project는 우리의 Lifetime Vision이다. Vision의 궁극적인 목적, Vision을 달성하기 위한 계획, 그리고 그 계획을 성취하기 위해 필요한 시간, 경비, 중간 목표들을 포함한 마일스톤들을 세우고 또 집행(Execute)해야 한다.

나의 Vision과 P.P.M.

우리는 부모님으로부터 태어날 때, 우리 자신의 삶의 목적이나 계획이 무엇인지 모르고 태어난다. 물론 부모님에게는 우리를 출생시킨 목적이 있을 수도 있지만….

여하튼 우리는 초등학교, 중학교, 고등학교에 다닐 때까지 우리 자신의 장래에 대한 뚜렷한 목적이나 계획 없이 부모님 계획 하에 살아가는 것이 대부분이다.

대학교에 진학하면서 우리는 장래에 대한 꿈과 계획을 세우는 경우가 많다. 우리는 이 과정을 "Vision 세우는 과정"이라고도 말한다.

Vision을 성취하는 것은 Long-term and Complex Process이기 때문에 실현성 있고 구체적인 계획과 마일스톤들을 세워야 한다. 일국의 대통령이 되거나 유명한 과학자, 또는 우주비행사가 되기 위한 Vision을 위해서는 더 세밀한 계획과 마일스톤들이 필요하다.

나는 인천고등학교를 우수한 성적으로 졸업한 후 연세대학교로부터 입학통지를 받았다. 그때 연세대학교에서 의학을 전공하고 졸업 후에는 유명한 의사가 되고 싶다고 막연한 꿈(Vision)을 꾸었었다. 그러나 충남 당진 가난한 농부의 아들로 태어난 나로서는 연세대학교를 다닐 수가 없었다. 입학 등록금을 낼 수 없었을 때 비로소 내 꿈을 이룰 수 없다는 것을 깨닫고 4년간 장학금과 기숙사비를 제공하며 졸업 후 이학사 학위를 수여받고 또 육군소위로 임관되는 육군사관학교(육사)에 입학했다.

이때 내 자신이 처음으로 꾼 꿈이 실패작이라는 것을 알면서 하나님께서 나를 창조시킨 목적이 무엇인가, 또 그 목적을 달성하기 위한 하나님의 계획, 또 그 계획을 달성하기 위한 마일스톤들이 무엇인가 하는 질문을 수차례 가졌지만 아무런 해답을 얻을 수 없었다.

나는 육군사관학교에 다니면서 교회, 성당, 절을 방문했지만,

어떤 종교에 안착하지 못했다. 육사를 졸업한 후 군에서 성공하겠다는 욕망을 가졌었지만, 훈련과정이 너무 힘들어 몇 번이나 퇴교를 생각하기도 했었다.

육사를 졸업하고 군에서 4년간 복무하는 동안 폐결핵 (Tuberculosis, TB)을 앓게 되어 경북 밀양 육군 병원에 입원했었고 그 결과 1967년에 군에서 의병전역했다. 그때 나는 30세였고 전역 후 직장이 없어 전전긍긍했다. 그리고 마침내 이 시기에 성경을 깨닫기 시작했다.

하나님은 우주를 창조하신 분이라는 것을 나는 성경을 통해 처음으로 알게 되었다. 창세기 1장 1절은 "태초에 하나님이 천지(天地)를 창조하시니라(In the beginning God created the heavens and the earth)"라고 선포하고 있다. 나는 하나님의 "천지창조 Project"에 대한 목적과 계획, 그리고 마일스톤에 대해 알고 싶었다.

창세기 1:27은 "하나님이 자기 형상 곧 하나님의 형상대로 사람을 창조하시되 남자와 여자를 창조하시고"라고 하셨다. 우리 인간은 우주만물, 즉 천지의 일부이기 때문에 우리 인류를 창조한 하나님의 목적과 계획(예레미아 29:11)이 무엇인가를 알고 싶었다. 그리고 계획완수를 위한 마일스톤들이 무엇인가를 알고 싶었다. 비록 내가 의사가 되겠다는 첫 꿈이 비현실적이었고 무모했지만, 하나님은 결국 나를 바른 길로 인도할 것이라고 믿었다(잠언 16:9).

더 나아가 많은 인류 중의 한 사람인 나, 손영환(David Sohn)을 위한 하나님의 창조목적, 계획 및 마일스톤들이 무엇인가를 구체적으로 알고 싶었다. 내가 의사가 되고 싶었던 최초의 꿈은 '나를 위한 하나님의 계획'이 아니지만, 하나님은 결국 나를 바른 길로 인도하신다고 믿었다(잠언 16:9).

제 2 장

우주를 위한 하나님의 목적,
계획과 마일스톤

우주를 위한 하나님의 목적과 계획

우주를 위한 하나님의 계획을 정의하는 학자와 신학자는 많이 있지만 인류를 포함하여 우주를 창조한 하나님의 목적에 대한 정의는 잘 알려지지 않고 있다. 그 이유는 성경은 막연히 "하나님 자신의 영광(Glory)을 위해서"라고만 말하고 있기 때문이다 (이사야 43:7).

하나님은 우주를 창조한 목적을 달성하기 위한 계획(God's Plan for the Universe)을 세우셨다. 인간은 우주의 일부이다. David Sulem은 그의 『만인을 위한 하나님의 계획(God's Plan for All)』이란 저서에서, "하나님께서는 그분의 대가족(大家族)을 위해 영원한 왕국을 창조하고 전달할 계획을 세우셨다"고 말한다.

하나님의 대가족들은 (1) 대가족의 가장으로서 만인과 함께 거하실 하나님 아버지와 (2) 그의 독생자 예수 그리스도와 (3) 하나님의 자녀들, 즉 창조되고 입양된 모든 인간(에베소서 1:5)과 (4) 또 그분의 자녀로 창조된 천사들로 구성된다고 David Sulem은 말한다.

하나님의 우주를 위한 궁극적인 계획은 모든 사람이 더 이상 죽음도, 고통도, 슬픔도, 저주도 없는 영원한 천국에 들어가기 위한 것이다. 그곳은 하나님 아버지가 만유 안에 계시는, 하나님의 대가족을 위한 곳이다(고린도전서 15:24, 28, 골로새서 1:15-20, 요한계시록 21:1-6).

우주를 위한 하나님의 계획을 성취하기 위한 하나님의 마일스톤들

David Sulem에 의하면, 하나님은 하나님의 대가족을 위한 영원한 왕국을 창조하고 전달하기 위해 일곱 가지 마일스톤을 세우셨다. 하나님은 그의 계획을 일곱 시대로 나누었다. 하나님이 그의 계획을 성취하기 위한 마일스톤들을 아래와 같이 나열한다.

마일스톤 1 아담 이전 시대
마일스톤 2 아담 시대
마일스톤 3 모세의 율법 아래 있는 이스라엘 시대
마일스톤 4 새 은혜 언약 아래 있는 교회 시대
마일스톤 5 하나님 왕국의 천년 시대
마일스톤 6 불 호수 심판 시대
마일스톤 7 하나님 나라의 영원한 천국 시대

제 3 장

모든 인류를 위한
하나님의 목적,
계획과 마일스톤

모든 인류를 위한 하나님의 계획

NIV 영어 성경에 따르면 하나님은 우주만물의 한 구성분자인 우리 인간을 위한 특별한 계획을 가지고 우리 인간을 창조하셨다. "For I know the plans I have for you," declares the Lord, "plans to prosper you and not to harm you, plans to give you hope and a future." (Jeremiah 29:11)

즉 "우리 인간을 위한 하나님의 계획은 우리 인간을 해치기 위한 것이 아니고 번영케 하기 위한 것이며 또한 우리 인간에게 희망과 미래를 주는 계획"이라고 선언하셨다(예레미야 29:11). 또한 하나님은 우리를 해치지 않고 그리스도 예수 안에서 영광스러운 풍성에 이르기까지 우리의 모든 필요를 채우시겠다고 약속하셨다(빌립보서 4:19).

우리 인류를 위한 하나님의 계획과 인도

성경에 의하면, 우리는 우리의 마음으로 우리의 길을 계획하지만 "우리의 걸음을 인도하시는 이는 여호와시니라"고 한다(잠언 16:9). 나는 내 자신의 계획으로 장래에 유명한 의사(醫師)가 되고 싶다고 연세대학교에 무시험 합격했지만, 등록금을 낼 수 없어 입학을 포기하지 않으면 안 되었다. 이것은 내가 일시적으로 잘못 결정한 결과에 대한 대가였지만, 하나님은 나에게 장차 해(Harm)가 아니고 축복(Blessing)이 될 수 있는 육군사관학교에 입학하도록 축복된 길로 인도하셨다(잠언 16:9).

하나님은 경제적으로 어려운 내가 잘못된 길로 가는 것을 제재하시고 연세대학교 대신 육군사관학교에 입학하도록 인도하셨다. 결국 하나님은 나의 최초의 꿈이 잘못된 것을 아시고 다른 길로 인도하시어 새로운 꿈을 꾸게 하셨을 뿐만 아니라 많은 시련을 통하여 '나를 위한 하나님의 계획'을 내 스스로 깨닫게 하시고 또 성취하도록 인도하셨다(잠언 16:9).

대부분의 경우 우리는 우리를 위한 하나님의 계획이 무엇인지 모른 채 일상생활을 한다. 그 이유는 우리를 위한 하나님의 창조목적과 계획을 우리 자신이 알 수가 없기 때문이다.

나는 1968년, 30세가 되었을 때 하나님이 30년 전에 나를 향한 특별한 목적과 계획을 가지고 나를 창조하셨다는 것을 처음으로 깨달았다. 나는 30세가 될 때까지 많은 고난과 시련을 겪었지만, 결국 하나님은 나를 축복하고 또 희망과 미래를 주는 계획을 가지고 나를 창조하셨고 축복의 길로 인도하신다는 것을 성경, 특히 예레미아 29:11 과 잠언 16:9를 통해 믿게 되었다.

또한 하나님은 내가 걸어가는 모든 일의 단계를 그때 그때 결정하지 않으시고, 그가 미리 정하신 마일스톤에 의해 목적지에 성공적으로 도달하도록 나를 인도하신다고 믿기 시작했다. 1968년에 나를 위한 하나님의 계획(예레미아 29:11)이 구체적으로 무엇인가를 알고 싶었고 또 '나를 위한 하나님의 계획'을 성취하기 위해 어떤 마일스톤을 세우셨는가 하고 성경적으로 연구하기 시작했다.

하나님의 은혜로 우리에게 주신 자유의지

하나님은 우리를 창조하시고 우리가 죽을 때까지 우리의 삶을 인도하신다. 그러나 동시에 우리를 위한 그분의 계획을 성취할 수 있는 자유의지를 우리 각자에게 주셨다. 예를 들어, 하나님은 우리가 영생을 얻기 위해 예수 그리스도를 믿도록 강요하지 않으시며, 예수 그리스도가 우리의 구세주라고 스스로 믿는 자에게만, 영생(Eternal Life)을 허락하셨다(요한복음 3:16).

다시 말해서 하나님은 우리가 태어날 때 자동으로 예수 그리스도를 믿는 '로봇(Robot)' 인간으로 만들 수도 있으시지만 우리에게 선택의 자유의지를 주신다. 하나님은 우리가 자발적으로 예수 그리스도를 믿기로 선택할 때 가장 기뻐하시며, 우리가 예수를 믿기로 선택하면 그분은 우리에게 값없이 구원의 선물을 주심은 물론 우리를 하나님의 자녀로 입양하신다고 약속하신다 (에배소서 1:5).

이 밖에도 성경에는 하나님께서 강제적인 수단을 쓰지 않으시고 우리의 자유의지에 호소하시는 구절이 많이 있다.

예를 들어 요한계시록에서 예수 그리스도께서 말씀하시기를 "볼지어다 내가 문 밖에 서서 두드리노니 누구든지 내 음성을 듣고 문을 열면 내가 그에게로 들어가 그와 더불어 먹고 그는 나와 함께 먹으리라(요한계시록 3:20)" 하신다. 예수님은 들어오라는 허락을 받지 않고도 우리 방에 들어오실 수 있다. 그러나 그분은 우리가 원할 때 문을 열고 들어와서 식사를 같이 하겠다고 하시면서 우리의 의사와 인격을 존중하신다.

하나님은 우리 인간을 자신의 형상대로 창조하실 때(창세기 1:27) 태어날 때부터 하나님의 자녀로 창조하지 않으시고 그분의 "기쁘신 뜻대로 우리를 예정하사 오직 예수 그리스도로 말미암아 자기의 아들들이 되게 하셨으니(에베소서 1:5)"라고 우리에게 그분의 자녀가 될 자유의지를 주셨다. 이 결과 예수 그리스도를 믿지 않는 많은 사람들은 하나님의 자녀가 되지 못하고 또 영생을 얻지 못한다.

요약하면, 하나님은 우리를 위한 그분의 계획을 성취하기 위해 우리 생애에 그분이 '선호하시는' 최상의 경로를 미리 설정해 두셨지만, 우리가 다른 경로를 택할 수 있는 자유의지도 허용하신다. 하나님은 우리로 하여금 우리를 위한 하나님의 계획과 마일스톤들을 우리들의 독력으로 깨닫게 하는 동시에 그 마일스톤들에 따라 우리 자신의 길을 걸어가도록 하신다. 하지만 우리가 비록 잘못된 길을 걸어가더라도 결국 안전하고 성공적인 길, 즉 마일스톤을 성취하는 길로 인도하신다고 약속하셨다(잠언 16:9). 여기서 중요한 것은 우리를 위한 하나님의 계획과 마일스톤들을 우리 자신이 먼저 깨달아야 한다는 것이다.

제 4 장

나를 위한 하나님의 목적,
계획과 마일스톤

하나님은 자신의 영광을 위하여 인류를 창조하셨다(이사야 43:7).

하나님은 인류의 한 사람인 나를 1939년에 충남 당진 교대 면의 작은 농촌에서 하나님의 형상대로 창조하셨다(창세기 1:27). 1968년 내가 30살이 될 때까지 나는 부모님이 나를 탄생케 했다는 사실 이외는 나 자신의 존재에 대해 의문을 가진 적이 없었다.

그러나 나는 (1) 의사(醫師)가 되기 위해 연세대학교로부터 무시험입학허가를 받고 입학하려고 계획했지만, 등록금이 없어 입학을 포기해야 할 때, (2) 육군장교로 생활 하면서 과로로 인해 폐결핵에 걸렸을 때, (3) 1967년 병원 입원기록 때문에 육군에서 전역을 해야 할 때, (4) 전역 후 아무 직장 없이 비참하게 살아갈 때, 도대체 '나를 위한 하나님의 계획(예레미야 29:11)'이 무엇인가 하고 원망했었다. 또 내가 잘못된 길을 걸어갈 때도 왜 나를 바른 길로 미리 인도하지 않았는지(잠언 16:3) 궁금해졌다. 그러나 하나님은 결국 나로 하여금 '나를 위한 하나님의 계획'을 내 스스로 깨닫게 하셨고 나는 2020년에 '나를 위한 하나님의 계획'을 완전히 성취했다.

나는 군에서 전역한 후 최초로 언론 기자로 생활하게 되었다. 1967-1968년대 한국은 정부는 물론 사회전체가 부정, 부패와 부도덕으로 쌓여 있었다. 그 사실을 목격했을 때, 비로소 나는 하나님께서 나에게 내가 모르는 "독특하고 특별한 목적과 계획"을 가지고 나를 창조하셨다는 것을 확신하게 되었다.

그때 나는 사회에 깊숙이 뿌리박힌 부정부패 현상을 더 이상 참을 수 없었기 때문에 언론기자 생활을 계속할 수 없다고 판단하고 충남 당진에서 국회의원으로 출마하기로 결심했다.

국회에서 부정부패를 척결하는 법을 제정하여 사회를 정화하고 싶다는 충동이 생겼기 때문이다. 그래서 내가 졸업한 초등학교, 중학교, 고등학교 동창생들과 함께 국회의원 당선 가능성을 타진한 결과 당선 자신감이 생겼다. 충남 당진의 석문초등학교,

당진중학교에서 우수한 성적으로 졸업하였고, 내가 살았던 고대면에는 나의 일가 친척들이 많이 산다는 사실들을 알게 되자 동창생들은 당선될 것이라는 자신감을 주었고 나는 선거운동을 적극적으로 시작했다.

그 후 몇 주가 지난 뒤, 국회의원에 당선되어 국가와 사회의 부정부패를 척결하는 것이 과연 '나를 위한 하나님의 계획'인가를 확인하기 시작했다. 그후 나는 국회의사당 출입기자로 다니면서 많은 국회위원들을 만났다. 내가 만난 국회의원들 중에는 세력이 막강한 의원도 있었지만, 그렇지 못한 의원들이 더 많았다. 만일 내가 국회위원에 당선되더라도 초선 국회의원 혼자의 힘으로 법을 제정하고 나 혼자의 힘으로 국가와 사회 정화를 하는 것이 가능할까라는 질문을 하면서 하나님께 기도했지만, 기도응답이 없었다.

이때 나는 내가 연세대학교 대신 육군사관학교를 졸업한 후, 장교생활을 하는 동안 미국육군통신학교 장학금을 받고 1년간 미국에서 배우고 여행하면서 미국정부, 사회 또 교육제도는 물론 미국의 역사와 전통과 문화를 자세히 알 수 있었던 것을 상기했다. 미국사람들은 경제적으로 풍요롭고 사회적으로 안정되었으며 나 같은 군인에게 1년간의 장학금까지 줄 수 있을 정도로 너그러운 사람들이지만, 한국 사회는 그렇지 못한 것이 안타까웠다. 이때 발견한 것은 미국을 오늘날의 미국으로 만든 것은 "아메리칸 드림과 교육제도"라고 결론을 내렸다. 결국 나는 미국에 1년간 체류하면서 Harvard, Yale, Princeton 대학들을 방문하면서 교육의 위력을 자세히 알게 되었다.

나는 한국의 사회정화를 위해서는 먼저 백년대계인 한국의 교육제도가 바뀌어야 한다고 믿기 시작했다. 교육을 통해 전 국민이 법과 정의와 도덕을 배우고 또 실현할 때, 사회가 정화되고 부패가 척결될 수 있다고 믿었다.

그래서 나는 결국 당시 교육제도가 가장 완벽하다는 미국에 유학을 가서 직접 배우고 듣고 또 경험한 뒤 고국에 돌아와 한국의 교육제도 혁신에 기여하고 싶다고 결심하게 되었고 국회의원 출마를 포기했다. 내가 국회의원이 되려는 일시적인 충동을 누르고 미국에 가서 교육제도를 배우고 귀국한 후 한국의 사회정화를 교육제도쇄신을 통해 이루는 것이 곧 '나를 위한 하나님의 계획'이라고 믿었다(예레미야 29:11).

이렇게 생각하면서 나는 비로소 '나를 위한 하나님의 계획'을 내 스스로 발견하고 다음과 같이 정리하면서 이것을 내 인생의 꿈, 즉 Lifetime Vision으로 결정했다.

즉 "나로 하여금 가장 혁신적이고, 효율적이고 또 저렴한 교육을 세상 모든 사람들에게 제공하여 한국사회는 물론 전 세계를 변화시키는 것"이 '나를 위한 하나님의 계획'이라고 결론을 내렸다. '세상 모든 사람들'이란 구절에 좀 더 구체적인 제한을 두어, 나는 "경제적으로, 신체적으로 또는 사회적으로 불우한 사람들에게 우선적으로 혜택을 제공하자는 것"이 하나님의 뜻이라고 해석했다.

또한 한국인들뿐만 아니라 전 세계를 상대로 교육을 펼쳐야 하기 때문에 On-Campus와 Off-Campus 교육을 병행해야 한다고 믿었다.

"God's Plan for David Sohn is to transform the world by providing the most innovative, effective and affordable education to the people around the world, especially those who are underprivileged financially, physically and/or socially, through on-campus and off-campus modalities."

'나를 위한 하나님의 계획'을 나의 Lifetime Vision으로 삼고 잠언 16:9를 상기하면서, 하나님은 내가 이것을 가장 효과적으로 성취할 수 있도록 어떤 마일스톤들을 세워 주셨는가를 연구했다. 내가 세운 이 Vision은 나의 깊은 믿음과 기도에 의해 이루어졌고, 내가 세우는 마일스톤들이 하나님이 이미 세운 마일스톤들과 다를 수도 있고 또 내 마일스톤을 집행하는 과정에서 잘못된 길을 걸어갈 수도 있지만, 결국 하나님은 마일스톤 하나하나를 성공적으로 인도하신다고 믿었다(잠언 16:9).

제 5 장

'나를 위한 하나님의 계획'을 위해 세우신 10개의 마일스톤들 중 한국에서 성취토록 인도된 첫 7개의 마일스톤들

1968년 5월 1일, 30년 삶을 돌이켜 보면서 나에게 일어났던 크고 작은 모든 사건들을 생각해 보았다.

(1) 하나님께서 나를 창조하실 때 총명한 두뇌를 주시여 초등학교, 중학교, 고등학교를 우수한 성적으로 졸업하게 하시었다고 믿었다.

(2) 또 내 자신의 판단으로 유명한 의사가 되겠다고 꿈꾸고 연세대학교로부터 무시험 입학허가를 받았지만 경제적인 이유로 입학을 포기해야만 했다.

(3) 하나님은 연세대학교 대신에 육군사관학교에 입학하도록 인도하셨다.

(4) 그 결과 1955년에 미국육군통신학교 장학금을 받고 미국에서 1년 동안 배우고, 보고, 듣고 또 35개 주를 여행하도록 인도하셨다.

(5) 미국에 1년간 체류하는 동안 나로 하여금 아메리칸 드림의 정의를 배우게 하셨다. 나는 아메리칸 드림의 성공자들을 목격하면서 "나도 아메리칸 드림을 꿀 수도 있고 또 성취할 수 있다"고 생각했다.

(6) 내가 육군에서 성공하는 것이 하나님의 뜻이 아닌 것을 예정하신 하나님은 나에게 일시적인 폐결핵 증세를 보여주셨다.

(7) 그 결과 김목자 약사를 만나게 되었고 그로 하여금 폐결핵을 완치할 수 있다는 자신감을 갖게 하셨다.

(8) 폐결핵은 완치되었지만, 군에서 성공할 수 없음이 하나님의 뜻이라고 깨닫자, 하나님은 내가 의병 전역을 하도록 인도하셨다.

(9) 전역 후 200 대 1 이상의 경쟁을 물리치고 언론기자가 되도록 인도하셨다.

(10) 언론 기자로 한국 정부관서는 물론 대기업과 사회 각처를 취재하면서 1960년대 한국사회의 부정부패의 실태를 일일이 목격했다. 부정부패와 타협하지 못했던 나는 장기적인 교육을 통해 이를 척결해야 한다고 믿었다.

30년 동안 나에게 일어난 크고 작은 일들, 성공한 것 또 실패한 것들 모두를 예레미아 29:11과 잠언 16:3에 비추어 묵상한 결과 나는 비로소 '나를 위한 하나님의 계획'은 가장 혁신적이고, 효율적이고 저렴한 교육을 통해 한국 사회는 물론 세계를 변화시키는 것이라고 결론지었다.

동시에 나는 이것을 나의 Lifetime Vision으로 결정했다. 또한 예레미아 29:11에 따라, '나를 위한 하나님의 계획', 즉 나의 Lifetime Vision은 장기적이고 광범위하기 때문에 실현성 있는 마일스톤들이 필요하다고 믿었고, 하나님께서 이미 구체적인 마일스톤들을 세우셨을 뿐만 아니라 그 모두를 성취하도록 인도하신다(잠언 16:9)고 믿었다.

이것은 제1장에서와 같이 우리가 여행계획을 짤 때 GPS Navigator를 이용하여 구체적인 마일스톤을 정하는 원리와 같다. 또한 제2장에서 하나님은 우주를 위한 계획의 성취를 위하여 7개의 마일스톤들을 세우셨다는 것과도 통하는 맥락이다.

이 결과 나는 '나를 위한 하나님의 계획'을 완성하기 위해 하나님께서 10개의 마일스톤들을 세우셨다고 믿었다.

1968년 5월 내가 '나를 위한 하나님의 계획'을 성공적으로 이루기 위해서는 10개의 마일스톤들이 있어야 한다고 믿었다. 하나님은 첫 7개의 마일스톤들을 한국에서 성취하고 나머지 3개의 마일스톤들은 미국에서 성취하도록 인도하셨다.

'나를 위한 하나님의 계획'을 위해 세우신 10개의 마일스톤들 중
한국에서 성취한 최초 7개의 마일스톤들 (1968)

마일스톤 1 하나님은 자신의 형상대로 나(David Sohn)를 창조
하셨다 (창세기 1:27)

마일스톤 2 학문적 우월성을 성취하도록 인도하셨다

마일스톤 3 나로 하여금 육군사관학교를 선택하게 하셨다

마일스톤 4 나를 미국육군통신 학교에서 공부하도록 인도하셨다

마일스톤 5 아메리칸 드림을 성취한 미국사람들을 목격하게 하
셨다

마일스톤 6 하나님의 자녀로 입양시키기 위해 김목자 약사와
결혼하도록 인도하셨다 (에배소서 1:5)

마일스톤 7 나로 하여금 아메리칸 드림을 한국에서 꿈꾸도록
인도하셨다

미국에서 성취한 하나님의 3개의 마일스톤들 (1968-2020)

마일스톤 8 하나님은 내가 아메리칸 드림을 성취하는 데 필요한 Leadership and Management 능력을 최상의 교육과 경험을 통해 획득하도록 인도하셨다

마일스톤 9 내가 미국에서 아메리칸 드림을 완수하도록 인도하신 하나님

마일스톤 10 하나님은 '나를 위한 하나님의 계획'을 완수한 증거를 세상에 직접, 간접으로 전파하도록 인도하셨다

마일스톤 1 하나님은 자신의 형상대로 나(David Sohn)를 창조하셨다(창세기 1:27)

나는 1939년 한국의 작은 시골 마을 충남 당진에서 태어났다. 아래 사진은 내가 아홉 살 때 어머니와 처음으로 찍은 사진이다. 요즈음 사용되는 용어로 표현하면, 어머니는 'Tiger Mom(호랑이 엄마)'이자 'Super Mom(최고의 엄마)'이셨다.

오늘의 내가 획득한 모든 것은 어머니의 희생이 있었기에 존재하는 것이다. 어머니는 나의 교육에 자신의 평생을 바치셨다.

요약하면, 하나님은 나의 교육을 위해 희생하신 어머니를 통해 '나를 위한 하나님의 계획'에 따라 마일스톤을 성취하게 하셨다(창세기 1:27).

마일스톤 2 학문적 우월성을 성취하도록 인도하신 하나님

한국인은 유치원 전부터 음성 언어인 한국어를 배우기 시작한다. 그러나 한자(漢字, Chinese Characters)는 대개 초등학교에서부터 배우기 시작한다. 한자는 배우기가 어렵기 때문에 한자를 많이 아는 사람일수록 똑똑하고 교육을 많이 받은 사람으로 취급되고, 그러한 사람일수록 사회에서 인정받고 대우받는 것은 예나 지금이나 한국 문화의 일부였다.

어머니는 내가 여섯 살 때 천 개의 한자(千字文)를 외우고 그것을 떼라고 강요하셨다. 때문에 어머니는 오늘날 용어로서 'Tiger Mom(호랑이 엄마)'이라고 표현할 수 있을 것이다. 어머니는 한문 가정교사를 채용하셨고 매일 주어진 천지문을 외우지 못하면 지독하게 매를 때리셨다.

혼자 울기도 많이 했지만 초등학교에 입학하고 나서는 오히

려 어머니를 고맙게 생각했다. 반에서 한자를 많이 아는 사람은 나 혼자였다. 내가 또래의 친구들뿐만 아니라 선생님들에게까지 한자를 가르칠 수 있는 기회가 생기자 내 자신이 자랑스럽고 기뻤다. 어머니가 옛날처럼 무섭지 않았고 자랑스러웠다. 그 결과 초등학교 시절에 나는 '한문 박사'라는 별명을 얻었다.

나는 4학년 때 영문 Alphabet(알파벳)을 당시 고등학교에 다니는 4촌 형으로부터 배웠다. 그때부터 영어로 내 이름을 'Son Yung Hwan'으로 표기하기 시작했다. 어떤 때는 시험지 답안에 '손영환의 답'이라고 쓰는 대신, 'Son Yung Hwan's Answer'라고 썼더니, 담임선생님으로부터 건방지다고 하며 벌까지 받은 기억이 있다.

호랑이 엄마는 초등학교 시절뿐만 아니라 중학교 시절에도 우등생이 될 것을 엄격히 요구하셨다. 나는 충남 당진군 전체에서 가장 큰 중학교인 당진중학교를 다녔고 당진중학교 재학 기간 동안 전 과목에서 최고 점수를 받았으며, 학교에서 주어지는 가장 큰 장학금인 '특대생 장학금' 수혜자가 되었다. 이러한 일들이 자랑스러우면서 Tiger Mom 덕분이라고 생각하였다.

고등학교는 경기도 인천시에 있는 인천고등학교에 다녔다. 졸업 후에는 고등학교 성적만으로 입학 전형을 치러 연세대학교에 무시험으로 합격했다. 하지만 등록금을 낼 수 없었기 때문에 입학을 포기하고 4년간 등록금과 숙박비 전액 장학금을 주고 졸업생에게 학사학위를 수여하고 육군소위로 임관시키는 육군사관학교에 입학했다.

마일스톤 3 육군사관학교에 입학하도록 인도하신 하나님

　장래 유명한 의사(Physician)가 되고 싶다는 꿈을 가지고 고등학교 성적만으로 무시험으로 연세대학교에 합격했지만 등록금을 낼 여유가 없어서 입학을 포기해야 했다. 이는 내가 잘못된 길을 걸어가는 것을 아신 하나님이 그가 예정하신 경로를 선택하도록 나를 인도하신 결과였다. 나는 육사에 입학하면 4년간의 학비와 기숙사 숙박비 전액에 대한 장학금을 받고 졸업 후에 이과 학사 학위를 수여받으며 육군소위로 임관된다는 것을 알게 되었다.

　그러나 육사의 훈련이 아주 혹독하다는 소리를 듣고는 입교를 망설이면서 결정을 하지 못하고 있었는데, 때마침 육사 입학 담당자 중 한 명이 육사를 졸업하면 외국에 있는 한국대사관에서 군복무를 할 기회가 많을 것이라고 말하면서 사관학교를 졸업한 세계의 위대한 지도자들에 대해서 말해 주었다. 그 예로, 미국 대통령 Dwight Eisenhower는 West Point를 졸업했고, 영국 수상 Winston Churchill은 Royal Military College of Sandhurst를, Charles De Gaulle 프랑스 대통령은 French Military Academy of Saint-Cyr를 졸업했다는 것이었다.

육사에 입학하기로 결정한 또 다른 이유는 입학시험 중 영어 과목에서 내가 가장 높은 점수를 받았기 때문이다. 또 영어과 과장(課長)은 "육사에 정식으로 합격한 학생이 입학을 포기하는 것은 병역을 기피하는 것"과 비슷하다고 하면서 꼭 입학하라고 권고했다. 나는 연세대학교에 못 간 것이 내심 아쉬웠지만 또 한편으로는 육사에 입학하는 것 외에는 선택의 여지가 없음을 알고 있었다.

육사에서 제공되는 군사 훈련은 미국육사(West Point)에서 제공하는 것과 유사했다. 처음 6개월 동안 받은 훈련을 '야수 훈련(Beast Training)'이라고 하는데, 그 기간 동안 생도들은 짐승 취급을 받는 것이었다. 나는 야수훈련에서 간신히 살아남았다. 육사 4년 동안 많이 울면서 퇴학할 생각도 많이 했었다. 훈련이 힘들 뿐만 아니라 식사와 취침에 적응하지 못했기 때문이었다. 졸업할 때까지 나를 지켜준 유일한 희망은 통신장교로 임관하면 미국육군통신학교에서 제공하는 전액 장학금을 받고 그곳에서 공부할 수 있다는 것이었다. 결국 나는 4년간의 학업을 성공적으로 마치고 1963년에 육군소위로 임관되었다.

　요약하면, 하나님은 '나를 위한 하나님의 계획'대로 나를 연세대학교 대신 육군사관학교에 입학하도록 인도하셨다(잠언 16:9).

마일스톤 4 미국육군통신학교에서 공부하도록 인도하신 하나님

나는 경제적인 여건으로 연세대학교 입학을 포기할 수밖에 없었고 육사에 입학해야만 했다. 비록 그것은 내 결정이었지만, 하나님께서 '나를 위한 하나님의 계획', 즉 내 Lifetime Vision을 이루기 위해 간접적으로 인도하셨다는 것을 알고 하나님께 감사했다. 육사에 입학한 것이 장차 "전 세계 모든 인류에게 줄 수 있는 가장 혁신적이고 효과적인 교육을 통하여 세상을 변화시키기 위한 과정"의 일부, 즉 '마일스톤'이라고 믿으면서 모든 어려움을 참고 견디었다.

1963년에 육군소위로 임관한 후 비무장지대에서 북한군과 대치하는 통신소대장으로 파견되었다. 나중에는 한국 원주에 주둔한 제1군사령부에서 작전을 총괄하는 작전참모를 보좌하는 전속보좌관(Aide-de-Camp)으로 임명되었다. 전속보좌관으로서 많은 책임을 수행했지만, 특히 제1군사령관과 미군 고문단과의 작전사항에 대한 통역을 담당했다.

대한민국 육군은 치열한 경쟁을 통해 최고의 자격을 갖춘 통신장교를 장학생으로 선발하여 미국육군통신학교에서 공부하게 하였다. 나는 국군이 주관하는 영어 시험과 기술 시험에 모두 우수한 성적으로 합격했기 때문에 장군 보좌관직을 그만두고 경북 영천에 있는 국군영어학교에 입학하여 TOEFL과 유사한 영어능력시험을 준비했다. 꿈을 이루기 위한 여정을 시작한 것이다. 1년 동안 열심히 영어공부를 했다. 그 결과 영어 반에서 1등을 했고 아울러 육군참모총장상을 받았다.

졸업한 지 일주일 만에 U.S. Advisory Group에서 주최하는 TOEFL과 같은 영어 능력시험을 봤고 다행히 나는 시험에서 가장 높은 점수를 받았기 때문에 1966년부터 1967년까지 미국 New Jersey 주 Fort Monmouth에 있는 미국육군통신학교에서 1년 동안 공부하면서 미국 각 지역을 여행할 수 있는 기회를 가졌다. 이 기회를 통해 미국의 역사, 민족성, 그리고 아메리칸 드림에 대해 자세히 알게 되었다.

요약하면, 하나님은 '나를 위한 하나님의 계획'에 따라 이 마일스톤을 이루도록 인도하셨다(잠언 16:9).

마일스톤 5 아메리칸 드림을 성취한 사람들을 미국에서 목격하게 하신 하나님

나는 1965년 5월에 Ft. Monmouth에 있는 미국육군통신학교에 가서 미국 동맹국에서 온 약 300명의 외국 장교들과 함께 Bachelor Officer Quarters(BOQ)에 머물며 통신학과 컴퓨터학과를 공부했다. 매주 우리들은 통신학교에서 무료로 제공하는 관광 여행을 했다. 1년 동안 수많은 도시를 방문했지만, 그중에서 Smithsonian Institution, Museum of Natural History, The Empire State Building, Anheuser-Busch Brewery, The Kennedy Space Center, The French Quarters in New Orleans 등은 매우 인상적이었고 내가 미국의 역사와, 전통과 문화를 이해하는 데 크게 기여했다.

미국에 머무르는 동안 가장 가치 있었던 것은 내가 아메리칸 드림에 대해 자세히 배울 수 있었던 것이다. 아메리칸 드림의 정의, 그것이 의미하는 바와 그것이 왜 전 세계 많은 사람들에게 꿈과 Vision을 갖게 하는지 자세히 알게 되었고 이것이 후에 내 자신이 아메리칸 드림을 꿈꾸고 또 성취하게 된 동기이다.

'아메리칸 드림'은 1931년 James Truslow Adams라는 학자가 쓴 『Epic of America』라는 책에서 처음 공개적으로 정의됐다. "American Dream is that dream of a land in which life should be better and richer and fuller for everyone, with opportunity for each according to ability or achievement."

보다 더 현실적인 또 다른 정의는 Judith Bardwick의 책, 『Danger in the Comfort Zone』에서 발견된다. 즉 아메리칸 드림은 contract(계약)라고 전제하면서, 다음과 같이 설명한다. "If you work hard, you are going to be more successful than your parents were." 즉 당신이 열심히 노력하면, 당신의 부모보다 더 성공할 것이다. 이 표현은 막연한 가정(假定)이 아니고 틀림없는 계약(Contract)이라고 정의한다. 이 정의 때문에 많은 나라 사람들이 미국으로 이민 가려고 노력해 왔다.

경제적으로 어려워서 연세대학교 입학을 포기하고 육군사관학교에 입학했던 나는 이 아메리칸 드림의 정의를 접하고 도전

정신이 불타올랐다. 나도 열심히 노력하면 성공할 수 있다는 꿈을 꾸기 시작했다.

나는 아메리칸 드림이 미국을 부유하고 강하고 관대하게 만드는 것이라고 믿었다. 예를 들어, 한국이 미국의 강력한 동맹국이라는 이유 때문에 미국 육군은 1년 동안 나 개인의 모든 여행, 학업 및 '호화로운 BOQ' 생활 비용 일체를 지불해 주었다.

1965년 미국에서 1년간 사는 동안, 주말에는 일반 미국인들의 생활 모습이 어떤지, 왜 많은 이민자들이 미국에 오고 싶어 하는지 등 미국의 역사, 문화와 전통에 대해 알아보기 위해 혼자 여러 곳을 방문하였다. 그러면서 남미, 아시아, 아프리카, 유럽에서 온 많은 이민자들이 자동차와 집을 소유하고 열심히 일하면서 자기 수준에 맞는 생활을 즐기고 있는 것을 목격했다.

한편으로는 미국육군통신학교에서 통신 시스템 및 장비에 대해 배우려고 열심히 공부했다. Computer가 최초로 발명된 지 얼마 안 되었기 때문에 Computer에 대해 특별한 관심과 흥미를 갖게 되었다. FORTRAN 언어로 Computer Hardware and Software에 대해 처음으로 배울 수 있는 기회가 주어져

방과 후에도 시간만 되면 열심히 배웠다. 나중에 이것이 내가 Rutgers University에서 Computer 공학을 전공하게 된 계기가 되었으니, 하나님이 나에게 Computer 공학을 전공하도록, 연세대학교 대신 육군사관학교를 다니도록, 또한 미국육군통신학교에서 Computer Hardware & Software를 최초로 배우도록 인도하신 것임을 느끼게 된다.

나는 미국에 있는 동안 자동차와 기차로 30여 개 주를 여행하였다. 관광을 즐기면서 미국의 여러 지역을 방문해 다양한 미국인들과 만나고 오늘날 미국에 기여한 아메리칸 드림에 대해 더 많이 배울 수 있었다.

아무리 열심히 일해도 가난과 경제적 어려움에 시달리는 다른 많은 나라들과 달리, 열심히 일하기만 하면 성공할 수 있는 미국은 미국인과 이민자들에게 Land of Opportunity(기회의 땅)이라고 불릴 수밖에 없었다.

또한 아메리칸 드림은 미국에서 사는 사람들만 꾸는 것인지에 대한 끊임없는 질문 끝에 확실한 답을 갖게 되었다. 아메리칸 드림을 최초로 정의한 학자들, 아메리칸 드림을 성취한 미국인들, 그리고 미국에 오기 전 외국에서 처음으로 아메리칸 드림을 꿈꾸고 온 사람들을 직접 만나며, 외국인들도 아메리칸 드림을 꿀 수 있고 그들뿐만 아니라 나와 같은 외국인들도 아메리칸 드림을 성취할 수 있다는 것을 확신했다.

요약하면, 마일스톤 5를 통하여 하나님은 '나를 위한 하나님의 계획'에 따라 미국에서 아메리칸 드림의 정의를 배우게 하시고 아메리칸 드림을 성취한 미국인들을 직접 목격할 수 있도록 인도하셨다(잠언 16:9).

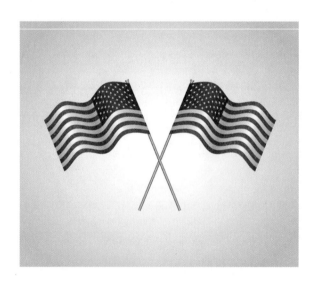

마일스톤 6 하나님의 자녀로 입양하기 위해 김목자 약사와 결혼하게 하신 하나님
(에배소서 1:5)

1965년 미국육군통신학교 장학생으로 선발되어 미국에서 1년 동안 공부하고 여행을 마치고 1966년 5월에 한국으로 돌아왔다. 예상대로 충남 대전에 있는 육군통신학교에서 교관으로 임명되었고, 미국육군통신학교에서 습득한 지식과 기술을 대한민국 육군 장병들에게 교육하기 위해 열심히 노력했다. 또 당시 충남경찰청장이 중학생인 아들을 위해 가정교사가 되어달라는 부탁을 받았다. 통신학교 생활이 바빴지만, 하숙을 하던 처지라 입주가정교사가 되어 달라는 제안을 받아들였다.

경찰청장은 자기 아들이 너무 거칠고 반항적이어서 가정교사 모두가 일주일을 버티지 못하고 떠났다며, 내가 육군 장교라는 점을 감안하여 자기 아들에게 엄격한 가정교사가 될 수 있다고 생각하고 높은 과외 보수와 함께 입주하라고 제안하였다. 나는 통신학교에서의 교육과정이 바빴기 때문에 일과가 다 끝난 후 저녁과 주말에만 가르치고 한 달에 한 주말은 서울 집에 다녀 오겠다는 조건하에 입주 가정교사가 되었다.

나는 그의 집에서 살면서 생활비를 많이 절약할 수 있었다. 그 소년은 나보다 키도 크고 내 말을 잘 듣지 않았으므로 나는 전략을 생각해 내야만 했다. 1년 동안 미국에 살았던 이야기를 하면서 내가 찍은 많은 사진을 보여주었더니 거의 모든 과목을 싫어했지만 영어과목만은 좋아하게 되었다. 나는 영어회화를 가르치기 시작했다. 그러자 영어에 관심을 더 갖기 시작하더니 얼마 되지 않아 영어과목에서 가장 높은 점수를 받기에 이르렀다. 그의 아버지는 매우 놀라워하며 기뻐했다.

나는 그 당시 학교에서 군인 장병들에게 미국통신학교에서 배운 것을 가르치고 저녁에는 '거친' 소년을 지도하느라 바쁜 일과를 보냈다.

육군통신학교에서 근무를 시작한 지 1년도 채 되지 않아 X-Ray 검사가 포함된 정규 신체검사를 받게 되었다. 의사가 X-Ray를 세 번이나 다시 찍으라고 하자 다소 불안감이 생겼다. 다시 찍은 결과에 나는 충격을 받지 않을 수 없었다. 담당의사가 나의 폐 내부에서 결핵(Tuberculosis, TB)을 암시하는 작은 부분을 발견했다고 말한 것이다. 나는 아무 이상도 못 느끼고 건강하다고 생각했지만 의사의 말이 너무 무서웠다. 이렇게 예상치 않게 일어난 이 증상은 특히 육사를 졸업하고 직업군인을 꿈꾸었던 나에게는 너무도 치명적인 것이었다. 일반적으로 결핵은 폐에 영향을 미치지만 뇌, 신장 또는 척추와 같은 신체의 다른 부분에도 영향을 미칠 수 있다고 의사는 Warning Advice로 덧붙였다.

아울러 의사는 나에게 결핵을 치료하기 위해 입원할 것인지, 아니면 결핵치료약을 복용하면서 군복무를 계속할 것인지 선택하라고 하였다. 입원 기록이 생기면, 직업군인 생활을 망칠 수 있기 때문에 나는 후자를 택할 수밖에 없었다.

우선 나는 가정교사직을 즉시 중단하고 성실하게 약을 먹기 시작했다. 여러 번 약국에서 약을 사야 했는데 다행히 가정교사 했던 집 바로 앞에 있는 '한일약국'을 찾았다. 늘 친절히 대해 주는 약사에게 결핵 처방전을 보여주었다.

그 약사의 이름은 '김목자(Mok Jah Kim)'였다. 그 당시 나는 여전히 병원에 입원하는 것과 군복무를 계속하는 것 사이에서 갈팡질팡하며 두렵고 괴로워했던 때였다. 그러나 김 약사는 아주 태연한 태도로 "손 중위님, 많은 한국인들이 결핵에 감염되어 있지만, 심각하게 아프지 않는 한 손 중위님처럼 X-Ray 검사

를 받지 않기 때문에 자신이 결핵에 걸렸다는 사실을 모르고 지
내지요"라고 하였다.

김 약사는 "그러니까 손 중위님은 아주 초기 증상이고, 약만
성실하게 복용하시면, 곧 완치할 수 있으니, 아무 걱정 마세요.
요즈음 결핵약은 100% 효과가 있습니다. 제가 장담해요" 라고
위안해 주었다.

이러한 김 약사의 조언은 군의관의 조언, 즉 입원을 하든지
군복무를 계속하든지 하나를 택하라는 명령과는 절대적으로 달
랐다. 김 약사는 내가 입원하든지 아니면 군복무를 계속하든지
약만 잘 복용하면 완치할 수 있다면서 죽을지도 모른다고 겁내
는 나에게 '삶에 대한 확신'을 주었다.

나는 김 약사가 항상 친절하게 대해 주고 나의 건강에 자신감
을 주는 것에 끌려 결핵약뿐만 아니라 붕대와 음료수를 산다는
핑계로 자주 한일약국에 들렀다.

나의 증상은 악화되지는 않았지만 그렇다고 해서 곧 완쾌되
지도 않았다. 김 약사의 계속되는 격려에도 불구하고 나는 하나

님께서 세우신 계획을 완수하기 위해서는 직업군인으로 군복무를 계속하는 것보다도 살기 위해서는 건강이 가장 중요하다는 것을 깨달았다.

'나를 위한 하나님의 계획'은 '가장 혁신적이고 가장 효율적이고 저렴한 교육을 통해 한국 사회는 물론 전 세상을 변화시키는 것'이라는 것을 상기하면서 직업군인이 되지 않고도 '나를 위한 하나님의 계획'을 완수할 수 있다고 생각하기 시작했다.

군생활을 계속할지 말지를 걱정하기 전에 먼저 건강을 생각해야 한다고 확신하면서 몇 주간의 고민 끝에 결국 대전에서 기차로 약 3시간 거리에 있는 경북 밀양에 있는 결핵전문 육군병원에서 약을 효과적으로 복용하면서 결핵 치료를 받기 위해 입원하기로 결정했다.

6개월 정도 육군병원에 있으면서 규칙적으로 약을 먹고, 규칙적으로 운동하고, 책을 읽고, 김 약사에게 편지를 쓰면서 시간을 보내는 동안 김 약사는 편지에서 나를 오빠라고 부르기 시작했다. 김 약사는 5명의 동생들이 있는 장녀였고 나는 누이가 없었기 때문에 약사누이 동생이 생긴 셈이다.

김 약사와 나는 단순한 친구 이상의 사이가 되면서 형제 자매 같은 친밀함을 느끼게 되었다. 6개월 후 밀양병원에서 X-ray 검사를 받았는데, 부드러운 부분(Soft Spots)이 거의 완치되었고 계속해서 정기적으로 약을 복용하라고 말하면서 퇴원을 권고했다. 그후 나는 육군통신학교로 복귀했지만 입원 기록이 있다는 이유로 현직 교관에 배치되지 않고 예비교관으로 좌천 임명되었다.

이 결과 나는 입원기록이 계속되는 한 군에서의 성공은 기대할 수 없다고 판단하고 건강상의 이유로 육군에서 전역하는 것을 결심했다. 마침내, 나는 1967년 12월 31일자로 육사에서 4년, 현역 복무 6년, 도합 10년간의 군복무를 전부 마감했다.

나는 왜 하나님이 내가 의사가 되기 위해 연세대학교에 입학하려 했을 때 육군사관학교에 입학하도록 인도하셨고, 잠깐이었지만 결핵이라는 병을 앓게 하셔서 군에서 전역하게 하셨는가라고 의문을 가지면서 삶에 대한 회의를 느끼기 시작했다. 나를 포함하여 전 인류를 위한 하나님의 계획에 대해서도 마찬가지였다. 특히 에레미아 29:11 에서 "God's Plan for Human Beings is to bless them, not to harm them."이라는 말에 공감하기 어려웠다. 비록 잠시 동안이었지만, 결핵병을 앓게 된 것이 God's Blessing이 될 수 없다고 생각했기 때문이다.

그러나 결국 결핵병을 통해 김목자 약사를 만날 수 있었고, 김 약사를 통해 결핵의 완치를 가져올 수 있었다고 자신을 갖게 했다. 이 모든 것이 하나님의 계획을 완수하도록 세워진 Milestone 또는 Submilestone이라 생각하면서 김 약사는 하나님이 나에게 보내 준 여자라고 믿었다.

나는 김 약사가 하나님이 나에게 보내 준 Healer(치유자)이자 하나님이 정해 준 천상배필(天上配匹)이라고 믿었다. 또한 지금 당장은 완쾌되었지만 장차 재발할 수 있다는 막연한 두려움을 가지면서 그가 '손영환의 전속 약사'가 되어 나를 도와줄 수 있다고 믿어 그에게 청혼할 것을 각오했다. 당시 나는 다른 여자와 데이트를 하고 있었지만, 내가 폐병환자라는 선고를 받은 후로는 그가 나를 피하는 것을 깨달은 때라 김 약사에게 청혼하는 것은 너무도 당연했다.

그 결과 1968년 5월 15일 김목자에게 청혼했고 그녀는 나의 제안을 받아들였다. 그 후 한 달 후인 6월 15일에 김목자와 나는 서울에서 가족, 친척, 친구들과 함께 결혼식을 올렸다.

지금까지 하나님께서 김목자 약
사에게 청혼하지 않으면 안 되도
록 나를 인도해 주셨다는 것을 강
조했다. 이제 나를 위한 '하나님의
계획'을 미국에서 성공적으로 완
수할 수 있도록 김목자 약사를 나
의 치유자로, 동반자로 미리 나에
게 보내 주셨다는 것을 확증하려
한다.

결혼 후 나는 도미유학을 위해 1968년 10월 1일에 혼자 미국
에 갔다. 아내는 서울 집과 약국을 정리하고 1969년 7월 11일
에 미국에 도착하여 New Jersey Asbury Park에 있는 작은 다
락방 아파트에서 살기 시작했다.

그 후 대학교를 Rutgers University, The State University
of New Jersey로 전학하면서 New Brunswick에서 살았다. 컴
퓨터공학 석사 학위를 받고 졸업했고 1979년에 Washington으
로 이사한 뒤 현재까지 살고 있다.

결국 아내는 내가 한 가정의 현명한 가장(家長)이 되도록 또 내가 아메리칸 드림을 성취하도록 직접, 간접으로 도왔다. 무엇보다도 인천국제공항 건설계약을 수주받고 건설을 완수하도록 내조해 주었다.

즉 아내는 나에게

- Healing(치유)하는 아내
- 현모양처효부(賢母良妻孝婦)인 아내
- Lifetime Partner and Companion인 아내
- 간접선교의 동역자인 아내
- Global Children Foundation의 Co-Founder
  가 되었다.

우리는 미국에서 학생생활을 하면서 아들 둘을 낳았다.

아내는 두 아들, Gene과 Edward를 신체적으로 건강하게 자라도록 잘 길렀을 뿐만 아니라 학교에서 우등생이 되도록 'Super Mom'의 역할을 담당했다. 작고하신 어머님도 살아 계실 때 아내를 이렇게 불렀다. "마미는 현모양처 (賢母良妻)다"라고 하셨다. 나는 농담으로 "현모(賢母)임에는 틀림없지만, 양처(良妻)라기보다는 효부(孝婦)가 어때요?"라고 농담을 하기도 했다. 아내는 편찮은 어머님께서 작고하실 때까지 어머님 병간호를 위해 너무 고생했다. '현모효부(賢母孝婦)'라고 불러도 충분하지 않을까 싶다.

아내의 'Super Mom' 역할로 Gene은 우수한 성적으로 MIT (with Computer Science & Engineering Major)를 졸업할 수 있었고 Edward는 University of Maryland(with English Major)를 졸업할 수 있었다.

Gene은 Amy와 결혼하여 두 딸, Anna와 Katherine을 두었고 Eddie는 Julie와 결혼하여 아들, Aiden과 딸, Angelica를 두었다.

MIT에서 Computer Science & Engineering을 전공한 Gene은 IT Entrepreneur/Executive로서 IT회사를 창립하고 또 매각하면서 M&A 분야에서 Expert로 활약하고 있다. University of Maryland에서 English를 전공한 Edward는 IT Service Company를 설립하여 정부와 민간회사에게 Expert Service를 제공하고 있다. 내가 OmniBio Secure. Inc. 창립 후 성공적으로 자라는 ICT를 매각하기 전에 Gene과 Edward에게 ICT를 인계받으라고 권고했지만, 그들은 자기들도 ICT보다 더 큰 회사를 설립하겠다고 하면서 거절했다. 그 결과 그들의 선택과 결심이 옳았다.

이렇게 Gene과 Edward가 성공한 배후에는 아내의 공이 크다. 아내는 두 아들이 초등학교부터 대학교에 다닐 때까지 학교 수업은 물론 많은 Extra-Curricular Activities(과외활동)를 할 수 있도록 동분서주했다.

1981년, 나는 사우디아라비아 왕자 중 한 명이 소유한 컴퓨터 회사에서 Consultant로 일하기 위해 Saudi Arabia에 가서 거의 1년간 일했다.

우리는 Potomac, Maryland에서 살 당시 2 Acre가 되는 비교적 큰 저택에서 살았는데, Gene과 Edward는 대학교에 가 있고 나는 항상 여행 관계로 집을 떠나 있었기에 아내는 혼자 그 큰 집 안팎을 관리 및 유지해야 했다. 아내는 여름에는 정원의 잔디 깎는 것, 가을에는 낙엽을 치우는 것, 또 겨울에는 눈 치우는 것을 위해 contractor들을 직접 채용하고 또 관리해야 했다.

그럼에도 불구하고 아무 불평 없이 나 대신 가장(家長) 노릇을 담당한 '현모양처(賢母良妻)'이다.

아내는 두 아들 Gene과 Eddie가 초등학교에서부터 중학교, 고등학교에 다니는 동안 그들의 학교 공부는 물론 피아노, 기타, 축구, Boy Scout, 한글학교 같은 Extra-Curricular

Activities(과외활동)를 위해 동분서주했다. 그러면서도 내가 외국에 있는 동안 생활비를 위해 집 부근에 있는 백화점에서 Part-time으로 일도 해야 했다.

더 중요한 것은 Gene과 Edward가 어렸을 때부터 교회에 출석하게 하였고 성경공부를 하게 한 것이다. 그 결과 Gene의 가족 전부와 Edward의 가족 전부가 독실한 Christian들이 된 것은 전적으로 아내의 공헌이다. Gene은 교회에서 성경을 가르치고 Edward는 Youth Leader로서 일했다.

내가 Rutgers University에서 Master of Computer Engineering 공부를 할 때 한 번 Scholarship이 중단되자 아내

는 New Jersey New Brunswick 에 있는 제약회사에서 야간 근무를 하면서 생활비를 벌었다. 훗날 미국에서 1981년에 창립한 International Computers & Telecom, Inc.(ICT)가 급속도로 성장함에 따라 미국 내 대도시들(Gaithersburg, New York, LA, Dallas, Chicago, Seattle, and Honolulu)에 있는 지사들을 방문하기 위해 자주 출장을 갔다. 때로는 한국, 일본, 대만, 독일, Australia, Tanzania에 있는 해외 지사를 방문하면서 장기 여행도 자주 해야 했다. 그때도 믿음직한 아내가 Vice President of Finance로 ICT의 모든 재무를 담당하면서 회사운영 전반에 대해 책임지고 있었기 때문에 나는 안심하고 여행을 할 수 있었다.

가끔 아내와 같이 장기 여행을 할 때는, 아내는 항상 나와 ICT를 위해 기도해 주었고 나에게 Personal and faith-based Advice와 Business Recommendation을 해 주었다. 이렇듯 그는 내가 결심하는 데 많은 도움을 주어 온 진정한 나의 'Personal and Professional Partner'이다.

아내와 나는 현재의 직업에 항상 충실하면서도 하나님의 지상명령에 복종하려고 최선을 다해 왔다.

우리는 항상 집에서, 교회에서 중보기도로 우리 가족과 기업
은 물론 "사회와 우리가 속해 있는 미국, 우리의 조국, 대한민
국, 나아가 전 세계가 평화롭고, 안전하고 모든 사람들이 하나
님을 공경하며 예수님을 사랑하도록 세상을 다스려 주시기 기
원합니다"라고 기도해 왔다.

또한 아내와 나는 간접선교의 일환으로, Israel, Egypt,
Jordan, Greece, Italy, Spain, Portugal, France, Germany
등 성지 순례를 수차례 같이 했다.

아내는 현모양처이자 Lifetime Partner and Companion으
로 나와 내 가족을 성공시키는 데 원동력이 되었을 뿐만 아니라,

사회적으로, 나아가 전 세계적으로 불우한 아동들(Underprivileged Children)의 의식주 해결을 위해 불철주야로 최선을 다해 왔다.

1998년에 한국에서 'IMF Crisis'가 발생했을 때 많은 아동들이 굶주리는 것을 알고 방숙자 여사, 유분자 여사와 같이 '나라사랑 어머니회'라는 모임을 Potomac, Maryland에 있는 우리 자택에서 창립하기도 했다.

'나라사랑어머니회'는 한국의 불우 아동을 돕는 기관으로 시작했지만 외국의 불우한 아동들도 도우면서 Global Children Foundation(GCF, www.globalchildren.org)으로 탈바꿈했다. 손목자

방숙자, 손목자, 유분자는 '나라사랑어머니회' 창립 준비 회의를 Potomac, Maryland 에 있는 손목자 자택에서 1998년 7월에 처음으로 가졌다.

는 미국 IRS로부터 세금 공제혜택을 받는 비영리 단체로 501ⓒ (3) 허가를 받았고 사무총장, 총회장직을 거쳐 이사장직을 역임했다. 나는 GCF의 고문이사로 이사회와 총회에 아내와 같이 참

석한다.

 현재 미국 각지는 물론 서울, 일본, 홍콩 등 GCF의 23개 지부에서 6,000여 명의 회원들이 40개 국가의 불우아동들을 돕고 있다.
 Pandemic이 나기 전까지는 매년 총회, 이사회 및 모금 행사를 미국 각 지역은 물론 한국, 홍콩에서 개최했다.

 아내는 Pandemic 발생 전까지는 GCF를 통해 서울에서 사랑의 친구들과 모금행사를 거의 매년 실시했다. 이 모금행사를 통해 모은 금액은 한국에 있는 공부방 아동들과 불우한 아동들에게 나누어 주었다. 또한 강릉에서 일어났던 수해피해 아동들에게 모금액의 일부를 전달하기도 했다.

　　2002년 2월에는 한국의료 팀과 합류하여 방숙자 GCF회장과
함께 북한을 방문하여 북한 어린이들에게 옷, 담요, 라면 등을
제공하기도 했다.

또한 GCF Staff와 협력하여 연례 GCF 모금행사로 Golf Tournament를 개최하였다.

최근에는 Covid-19 Pandemic 때문에 GCF 총회를 In-person이 아닌 Zoom Meeting으로 대체했다. 지난 2021년 10월 16일 가진 GCF 총회에는 110명 이상의 회원들이 참석했었다.

또한 아내는 워싱턴가정상담소(Family Counseling Center of Greater Washington)의 이사장직을 역임했었고 현재는 운영이사(Governing Board Member)로 봉사하고 있다.

요약하면, 하나님은 '나를 위한 하나님의 계획'을 성취하시기 위해 마일스톤 6을 이루도록 인도하셨다.

즉 폐결핵 증상으로 손목자 약사와 결혼하도록 인도해 주심으로 예수 그리스도를 주와 구세주로 믿는 우리를 하나님의 자녀로 입양하셨을 뿐만 아니라(에배소서 1:5) 손목자로 하여금 나의 치유자(Healer)가 됨은 물론 어려운 미국생활을 하는 동안 현모양처로, 또 나의 Lifetime Partner and Companion이 되어 'God's Plan For Me' 즉 나의 Lifetime Vision을 성취할 수 있도록 직접, 간접으로 도와주도록 인도하셨다(예배 1:5, 잠언 16:9).

마일스톤 7 나로 하여금 한국에서 아메리칸 드림을 꿈꾸도록 인도해 주신 하나님

나는 폐결핵으로 입원했었고 그 결과 1967년 말로 군에서 전역했다. 당분간 서울에 살면서 일자리를 찾기 시작했다. 1968년 1월 서울시내 한복판에 위치한 한 언론회사가 견습기자를 모집하는 구인광고를 봤다. 당시 언론기자는 많은 사람들이 열망하는 직종이었기 때문에 200명 이상이 응모했다. 다행히 시험과목은 국사, 영어, 상식이었고 특히 영어과목은 필기시험과 회화 시험이었기 때문에 나는 어느 정도 자신을 가지고 응시했다.

필기시험과 개인 Interview를 거쳐 200명 중 4명을 선발했는데, 유명 대학교 신문방송과를 졸업한 3명과 내가 합격했다. 나는 일반 대학교가 아닌, 육군사관학교를 졸업햇지만, 1965년에 미국육군통신학교 장학생으로 선발되어 1년간 미국생활 하면서 영어회화를 무난히 구사할 수 있었던 것이 선발되는 데 큰 기여를 했던 것 같았다.

견습기자로서의 나의 주된 임무는 각 정부 부처를 방문하면서 Interview와 Press Release를 통해 특종 기사를 써서 해당 부장에게 보고하는 것이었다. 또 다른 중요한 임무는 영국의 Associated Press(AP) 통신사에서 발신되는 모든 영문 기사를 번역하여 일간 신문사에게 배부하는 것이었다.

　　나는 AP기사를 번역하는 것에는 자신과 흥미가 있었지만, 정치, 사회, 문화 기사들을 취재하는 것에는 흥미를 잃기 시작했다. 가장 큰 이유는 많은 취재와 연구를 통해 해당 부장에게 제출한 기사들이 최종적으로 발간될 때는 Main Title과 Subtitle은 물론 내용까지도 많이 왜곡되어 발행되었기 때문이다. 특히 정치기사는 내가 쓴 내용과는 많이 달랐다. 사실과 다른 기사가 발간되는 데 불만을 갖기 시작했다.

　　나는 아직 견습기자라는 Title 때문에 이런 모든 것을 참으려 노력했다.

　　그러나 내가 참을 수 없었던 일은 정부 어느 부서에서 개최한 기자회견에 참석했을 때였다. 기자회견이 끝난 뒤에 수고비 형식으로 큰 현금 봉투 하나씩 참석한 기자 각자에게 배부되는 것이였다. 아주 적은 견습기자 월급을 받던 나에게 그 현금봉투는 너무도 큰 액수였다.

육군사관학교생활을 하면서 정의와 청렴결백을 삶의 Motto로 Cadet's Code를 가지고 살아온 나는 그 돈 봉투를 개인적으로 쓸 수 없다고 생각하고 부장에게 반납했다. 그러나 부장은 그것은 내가 번 Bonus라고 강조하면서 나보고 쓸 것을 강요했다.

이런 경우는 정부기관뿐만 아니라, 일반 사회에서도 비일비재로 발생했다. 예를 들면, 중소 기업회사 간부들, 또 어떤 때는 Taxi 기사들까지도 나와 다른 동료기자가 그들과 관련된 사건을 취재하고 있다는 것을 안 후에는 자신들의 부정부패, 내지는 떳떳하지 못한 사실들을 숨기고자 돈 봉투를 주려고 접근해 왔다.

오랫동안 세습화(世襲化)된 사회의 부정부패를 척결하기 위해서는 시간이 걸리더라도 국민교육(國民敎育)을 통해 이를 성취해야 한다고 믿기 시작했다.

이때 나는 '나를 위한 하나님의 계획'이 무엇인가를 다시 한번 생각하기 시작했다. 아울러 하나님께서 세워 주신 마일스톤들을 숙고하면서 그 당시 한국사회는 내가 1965년에 1년간 머물렀던 미국사회와는 너무나 많이 다르다는 것을 새삼 깨닫게 되었다. 많은 American Dreamer들이 오늘날의 미국사회를 만드는 데 공헌했다고 느끼면서, 나도 한국에서 아메리칸 드림을 꿀 수 있고 또 그 꿈을 성취할 수 있을까를 생각했다.

이런 고민을 하면서 아메리칸 드림의 정의를 다시 한번 음미했다.

"If you work hard, you are going to be more successful than your parents were." 즉 당신이 열심히 노력하면, 당신의 부모보다 더 성공할 것이다….

나도 미국에 가서 열심히 공부하고 일하면, 성공할 수 있다는 결론을 내리면서 나는 1968년 한국에서 아메리칸 드림을 꾸게 되었다.

이런 생각이 내가 미국으로 유학을 가기로 결정한 직접적인 동기와 이유가 되었다. 나는 미국에 유학을 가서 미국 사회와 교육제도를 직접 배울 뿐만 아니라, 박사 학위를 받고 세계적으로 유명한 교수가 되어 한국 사회를 바꾸는 데 기여하고 싶었다.

도미유학을 위한 TOEFL 시험에서 아주 높은 점수를 받은 뒤 내가 1년간 공부했던 미국육군통신학교 부근에 위치한

Monmouth College로부터 입학 허가서를 받았다.

언론기자로서 불만이 많이 있었지만 김목자 약사에게 매일 일어나는 사항들을 편지와 전화로 보고했다. 기자생활의 고충, TOEFL 시험 합격, 그리고 Monmouth College로부터의 입학 허가서 등을 자랑스럽게 말하면서 왜 국회의원이 되겠다는 꿈을 포기하고 미국 유학을 결정했는가를 설명했을 때, 김 약사는 모두 찬성했다.

내가 나의 치유자(Healer)라고 생각해 왔던 김목자 약사에게 결혼 propose를 생각해 오던 중이라 그가 나의 도미유학을 찬성했을 때는 혹시 나에게 관심이 없는가 하고 다소 불안감이 생기기도 했다.

그래서 적극적으로 접근하기 위해 대전에 가서 만나고 또 서울에서 만나자고도 하여 대전, 서울, 인천 등을 왕래하며 오빠와 누이 간의 관계를 떠나 이성 간의 Date를 시작했다. 그 결과 나는 김 약사와 사랑에 빠졌고 여러 통의 편지를 통해 사랑을 고백하는 데 성공했다.

나는 김 약사를 진심으로 사랑했을 뿐 아니라 나의 건강 문제를 가장 잘 알고 있는 사람으로서 나를 영원히 치유해 줄 수 있는 평생의 유일한 동반자가 될 수 있다고 느꼈다. 무엇보다도 김 약사와 결혼하는 것은 '나를 위한 하나님의 계획'을 성취하기 위해 하나님이 세우신 마일스톤이라고 믿었다.

나는, 마침내 1968년 5월에 그녀에게 Propose하기로 결정하고 먼저 김 약사 부모님께 우리의 결혼을 허락해 달라는 간절한 편지를 썼다. 마침내 부모님은 우리의 결혼을 허락하셨고 우리는 1968년 6월 15일에 서울의 한 결혼식장에서 친척과 친구들이 모두 참석한 가운데 결혼식을 올렸다.

그 후 아내는 대전에 있는 약국을 팔고 서울 제기동에 있는 제기약국이라는 약국을 사서 경영하기 시작했다. 도미유학을 준비하면서 우리는 서울 제기동에 있는 자택에서 행복한 신혼생활을 즐겼다.

나는 1968년 6월 30일까지 언론통신사에서 일하면서 1968년 8월 1일에 미국에 가기 위한 F-1 Visa를 신청할 계획이었다. 당시 미국 대사관은 비자 신청자에게 '지정된 병원'의 건강 진단서 증명서를 X-Ray Film과 함께 첨부하도록 요구했다. 나는 내 결핵이 완치되었다는 것을 인증한 육군에서 공개한 X-Ray Film Set를 제출하면서 지정된 병원에 건강 진단서 발급신청서를 제출했다.

그러나 불행하게도 지정된 병원의 의사들은 내 결핵이 완치된 것이 아니기 때문에 1개월 후에 X-Ray 검사를 받은 후 재신청하라고 하였다. 미국대사관에 Visa 신청을 할 수가 없게 되자 가을 학기 등록을 위해 1968년 8월 1일 출국하려던 계획이 불가능하게 되었다.

나는 그 후 결핵이 완치되었다는 사실을 확인하기 위해 3개의 다른 병원에서 검사를 받았다. 그들 모두가 내 결핵이 완전히 치료되었음을 증명했기 때문에 다시 지정된 병원의 X-Ray 과장을 찾아가 수집한 모든 증거를 보여주었다. 그러나 그는 계속해서 내가 미국 Visa를 신청하기 위해 제출한 건강 증명서에 서명하는 것을 거부했다.

나는 화가 나서 X-Ray 과장에게 개인적으로 찾아가 나의 기자 신분증을 보여주면서 미국에 유학 가기 위해 언론회사에 사표를 제출했는데 출국이 3개월이 지연되었으니, 선처해 달라고 간청했다. 그러자 그는 나의 기자신분증을 확인한 후, "손 기자님, 왜 먼저 기자라고 말하지 않았어요"라고 퉁명스럽게 말했다. 그리고는 담당자를 호출하여 즉석에서 폐결핵이 완치되었다는 건강진단서에 서명했다. 그 결과 나는 드디어 미국 대사관에서 F-1 비자를 받았다.

X-Ray 과장은 분명히 자신과 그의 부서 직원들이 석 달 동안 나의 출국을 지연시킨 사실을 기자로서 사회에 보고할까 두려워 건강진단서를 즉시 발급했던 것이었다. 이 사건은 1960년대 한국 사회가 얼마나 부패하고 불공정했는지를 보여주는 또하나의 증거였으며, 내가 "교육을 통해 한국 사회와 궁극적으로 전 세계를 변화시키겠다"는 Lifetime Vision을 달성하기 위한하나의 마일스톤, 즉 아메리칸 드림을 꿈꾸는 데 간접적으로 불을 당기는 큰 공헌을 했다.

요약하면, 하나님은 '나를 위한 하나님의 계획'에 따라 미리 정해진 이 마일스톤, 즉 한국에서 아메리칸 드림을 꿈꾸도록 인도하셨다(잠언 16:9).

제 6 장

'나를 위한 하나님의 계획'을 위해 세우신 10개의 마일스톤들 중 미국에서 성취토록 인도된 No. 8 마일스톤

마일스톤 8 내가 미국에서 아메리칸 드림을 성취하는 데 필수적인 Leadership과 Management 능력을 최상의 교육과 경험을 통해 획득하도록 인도하신 하나님

F-1 학생으로 미국에 도착

건강진단서 발행이 3개월 지연되었기 때문에 대학교의 가을 학기 입학이 불가능하였다. 다행히 Late Admission 허락을 받고 1968년 10월 1일 F-1 학생으로 New Jersey에 도착하여, Monmouth College에 입학했다.

나는 Monmouth College에서 두 학기를 공부한 후, Computer Engineering 석사과정을 전공하기 위해 New Brunswick에 있는 Rutgers University(State University of New Jersey)로 전학했다.

아내에게 초청장을 보냈지만 한국 정부는 당시 한국의 외화 절약 정책에 따라 유학생 배우자의 해외여행을 허용하지 않았다.

나는 1965-1966년 Monmouth College 부근에 위치했던 미국육군통신학교에서 공부하던 중 부근에 있는 많은 미국인 친구들을 사귀었다. 그들은 신혼생활을 못 하는 나를 동정하면서 내 아내가 미국에 속히 올 수 있도록 도와주고 싶어 했다. 내 아내가 한국의 외화절약 정책으로 미국에 올 수 없는 것을 알자 나를 도와주려고 발 벗고 나서서 아내가 올 수 있도록 연방하원 의원에게 100명이 서명한 청원서를 썼다. 그 의원은 미국 국무 장관에게 편지를 썼고, 그 편지는 한국 외무장관에게 신혼중인 아내가 나와 함께 만날 수 있도록 해 줄 것을 요청하는 것이었다. 그래도 내 아내는 한국을 떠나지 못했었다.

나는 마지막 수단으로 내가 다니던 회사 측에 한국에서 약사였던 내 아내에게 Chemist Job을 Offer하기를 부탁했다. 그 결과 한국 외무부는 외화 획득의 기회라고 판단하고 내 아내가 도미하는 것을 허락했다.

마침내 아내는 1969년 7월 11일에 New York JFK 공항에 도착했고 우리는 Asbury Park에 있는 다락방 아파트에서 신혼 살림을 시작했다. 작은 중고차도 샀고 1년 후 1970년 4월 22일 (The Earth Day)에는 큰아들, Gene 이 태어났다. 한국 이름으로는 '참된 평화'라는 뜻으로 진평이라 는 이름을 지어 주었다. 둘째 아 들, Edward는 1973년 1월 25일 에 태어났고 진석이라고 불렸다.

Computer Engineering 석사 학위 획득

나는 1972년에 Rutgers 대학교에서 Computer Hardware and Software에 대해 2년간 수학한 후 Master of Computer Engineering Degree를 받았다.

1956년부터 1년간 미국육군통신학교에 있을 때 FORTRAN Programing 과정을 수강했었던 경험은 석사 학위를 받는 것은 물론 졸업 후 취업하는 데도 많은 도움을 주었다. 역시 하나님이 '나를 위한 하나님의 계획'을 위해 미국육군통신학교로부터 장학금을 받도록 미리 준비해 주셨다는 것을 깨달았다.

합법적인 영주권과 미국 시민권 획득

1970년대에 Lawful Permanent Resident(LPR)는 석사 학위 소지자나 전문 기술자격증을 소지한 사람들 중 일부에게 영주권을 발급하였다. 내 아내는 한국에서 약사였기에 우리 둘 다 그것으로 LPR을 신청할 수 있었고 6개월만인 1973년에 영주권을 받았다. 그로부터 4년 후에는 미합중국의 시민권도 받았다.

컴퓨터 회사로부터 파격적인 Job Offers

미국에 오기 전에 나는 5년 동안 한국 군통신 장교로 근무 하면서 미국 육군통신장비를 사용했던 실무경험과 Rutgers University에서 획득한 Computer Engineering 석사 학위 덕 분에 많은 회사들로부터 좋은 Job Offer를 받았다.

학력과 경험 외에도 내가 미국 시민이었기에 뉴저지에 있는 여러 회사들이 높은 봉급과 상위 직책으로 나를 채용하고 싶어 하였다. 1973년 10월부터 시작된 석유파동으로 많은 박사 학 위 소지자들이 일자리를 쉽게 구하지 못하는 사정이었기에 나 는 다행이라고 생각하고 '나를 위한 하나님의 계획'과 마일스톤 들을 세워 주신 하나님께 감사했다.

나는 마침내 대형 IT 회사 중 하나인 Litton Industries, Inc. 에 전자 엔지니어로 취직하게 되었고 일 년 동안 POS(Point of Sale: 컴퓨터로 판매활동을 관리하는 시스템) 작업에 배정된 엔지니어로 일하였다. 얼마 후에 같은 계열사인 Monroe Calculator Division으로 옮겨 전자 시스템 엔지니어로 일하게 되었다. 석사 학위를 받았지만 TTL(Transistor to Transistor Logic) 기반 계산기 설계에 대한 실무 경험이 부족했기에 새로 발명된 Microprocessor 에 대해 열심히 배우기 시작했다.

Microprocessor-based System Design Professional

1971년 11월, Intel Corporation은 세계 최초로 Single Chip Microprocessor인 Intel 4004를 발명했다. 4004는 2000개 이상의 Transistor가 있는 4 Bit-CPU였으며 700kHz 이상의 빠른 속도로 작동되었다. 이 Computer-on-the Chip의 발명은 곧 최근의 개인용 컴퓨터 혁명을 가져왔다.

Monroe Calculator Company는 크기, 속도 및 가격 면에서 보다 경쟁력 있는 계산기를 설계, 제조 및 판매하기 위해 노력했다. 1972년에 Intel Corporation은 4004가 계산기 시장에 가장 적합했기 때문에 Intel 4004 Chip을 기반으로 하는 계산기를 설계하도록 몇 개의 계산기 회사에 System Design Training을 제안했다.

1972년에 나는 California Palo Alto에 있는 Intel 회사에

서 계산기 Design에 4004를 적용하는 방법에 대한 광범위한 교육을 받도록 선정되었다. 나의 훈련은 6개월 동안 지속되었고 Intel Corporation에서 교육을 받으면서 Hardware Design과 Assembly Language Programming을 포함해서 4004 Processor의 모든 응용 방법을 마스터하기 위해 열심히 노력했다.

Monroe 회사로 돌아온 후 나는 회사에게 종래의 TTL-based 계산기를 4004-based 계산기로 교체하여 물리적 크기를 줄이고 더 빠른 속도로 바꾸기를 권장했다.

그 후 나는 우리 팀이 4004-based Calculator Prototype을 개발하는 것을 도왔다. 그 Prototype Calculator는 성공적이었고 나중에 우리 팀은 종전의 TTL-based Calculator를 4004-based Calculator로 변환하는 데 성공하여 Calculator의 실체 크기뿐만 아니라 가격도 대폭 줄일 수 있었다.

후에 Intel Corporation은 1세대 Microprocessor인 4004보다 훨씬 강력한 4040, 8008 및 8080 Microprocessor들을 발명했다. 8008 및 8080은 계산기, 판매 시스템 (Point-of-Sale), 자동차 기능 및 Word Processor와 같은 수많은 TTL-based

내지는 기계 시스템을 대체하는 데 사용되었다.

1974년에 나는 Addressograph-Multigraph Corp.에서 8080-based Word Processors를 설계하도록 채용되었다. 나는 AMTXT Word Processing System을 설계 및 개발하는 Software Manager가 되었다. 이 초기의 Word Processor는 지금의 Microsoft Word와 같이 Powerful하지는 않았지만, 초창기 Word Processor로서 많은 Function들이 있어 연방정부에서도 사용했다.

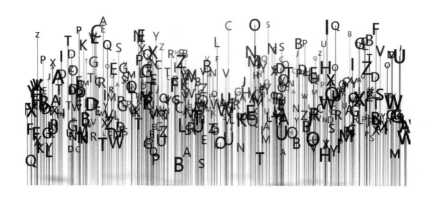

Minicomputer-based System Design Professional

나는 1978년에 New Jersey Plainfield에 있는 Lockheed 회사에서 선임 Systems Engineer로 일하면서 Minicomputer-based Air Traffic Flight Patterns를 위한 Operating Systems를 설계했다. Lockheed 회사는 항공기를 제작하고 Saudi Arabia를 비롯하여 많은 나라에 항공운행 system을 설계해 주었다.

1979년 나는 서울에 있는 한국 육군통신 연구소에서 Research Engineer의 직책을 제안받았다. 그러나 그때 미국에서 태어난 두 아들이 학교를 다녔고 한국으로 이주하는 것이 쉽지 않아 결국 그 제안을 받아들이지 않았다. 대신 정보 기술 시스템 분야에서 나 자신의 사업을 시작하겠다는 장기적인 계획을 가지고 Washington, DC로 이사했다.

International Computers & Telecom, Inc. (ICT) 설립 및 운영

1981년 나는 Maryland Rockville에서 단 $1,000의 운영자 금을 가지고 나의 Computer and Telecommunications 분야에 대한 광범위한 지식 배경을 바탕으로 회사를 설립했다.

물론 사원은 나 혼자였고 나는 최초 6개월간은 Chairman of the Board, President & CEO, Marketing Manager와 Systems Engineer라는 4개의 Business Cards를 만들어 경우에 따라 맞는 Card를 사용했다.

나는 Saudi Arabia의 왕자가 소유하는 정보 기술 회사와 첫 번째 계약을 맺었고 Saudi Arabia Riyadh에서 7개월 동안 일을 하면서 다양한 HP Computer−based Financial Systems를 개발했다.

1982년에 ICT는 전 세계 금융 시스템을 유지하기 위한 일환으로 미국정부의 주택 및 도시 개발국(Department of Housing and Urban Development)으로부터 450만 달러($4.5 Million)짜리 계약을 체결했다. 나중에 ICT는 미국의 110개 주요 민간 공항에 저공 돌풍예고시스템(Low-Level Wind Shear Alert Systems - LLWAS))을 설계, 개발 및 설치하는 $15 Million 계약을 체결했다.

ICT는 국방부를 포함한 많은 연방정부 부서로부터 크고 작은 계약들을 받았다. 가장 큰 방위 계약 중 하나는 주한미군을 위한 육지휘통제정보시스템(Theater Army Command & Control Information System(TACCIMS))이었다. 나는 TACCIMS를 비용 면에서 효율적으로 설계, 개발, 운영 및 유지하기 위해 한국 서울에 Global Tech Co. LTD 라는 자회사를 설립하여 실력 있는 한국인 기술자들을 많이 고용했다.

Harvard Business School(HBS)에서 CEO Leadership and Management 교육과정 졸업

나는 기술 분야의 모든 측면에는 자신이 있었지만 인사관리와 프로젝트 및 계약 관리에 대한 정규 교육은 받지 못했다.

여러 경영관리 프로그램을 찾던 중 Harvard Business School(HBS)에서 OPM(Owner/President Management)이라는 특수 Program을 제공한다는 것을 알았다. 흥미롭게도 HBS의 OPM은 'Other People's Money'와 연방정부의 'Office of Personnel Management(OPM)' 등의 별명을 갖고 있다. OPM Program에 등록하기 위해서는 특별한 입학자격을 갖추어야 했기 때문이다. 신청자는 연 매출이 최소 $10 Million 이상인 회사의 Owner and President이어야 하며 3년 동안 매년 기숙사에서 생활하면서 Short-term Sessions에 참석할 수 있어야 했다.

ICT는 1991년에 연 매출액이 $15 Million 이상이었고 나는

ICT의 Owner이자 President and CEO였기 때문에 모든 입학 자격을 갖추고 있었다. 나는 1991년에 OPM 17 Class에 등록한 110명의 학생 중 한 명이었다. OPM 17 Class 학생들은 북미, 남미, 유럽, 아프리카, 호주 그리고 일본, 한국을 포함한 아시아 등 사실상 전 세계에서 왔다.

Dad, are you studying ?

HARVARD UNIVERSITY
GRADUATE SCHOOL OF BUSINESS
ADMINISTRATION

DAVID YOUNGWHAN SOHN
HAS SUCCESSFULLY COMPLETED
THE 17TH SESSION OF THE
OWNER/PRESIDENT
MANAGEMENT PROGRAM
IN WITNESS WHEREOF THE
OFFICIAL SIGNATURES AND SEAL
ARE HERETO AFFIXED

Harvard graduate

나는 많은 과목 중에서 Marketing Strategies and Human Resources Management(HRM) 과목에서 배운 것을 내가 속한 회사인 ICT에 가장 유익하게 적용할 수 있었다.

HBS OPM에서 배운 SWOT(Strength, Weakness, Opportunity and Threat) Analysis는 ICT가 한국 정부로부터 인천국제공항(IIA) 설계 및 건설 계약을 수주받는 데 가장 많이 기여했다. 다른 미국 연방 및 국제 계약을 수주하는 데도 많은 공헌을 했다.

OPM 졸업 후 우리 각자는 수료증을 받고 전 Harvard 대학교 동문이 되었다. HBS에는 많은 Executive Programs가 있었지만 OPM이 가장 수익성이 높고 유명한 Program이라고 알려졌다. 왜냐하면 모든 OPM 학생들은 이미 성공한 기업의 소유자이며 사장이었기 때문이다. OPM 17 학생 중에는 큰 석유회사 사장들과 은행 소유자들이 있었다.

각 HBS Program들은 동창회를 운영하는데 OPM 17의 첫 번째 Reunion은 Washington, DC에서 이루어졌다. 나와 아내는 Reunion에 참석한 모든 동창들을 Maryland Potomac에 있던 우리 집에 초청하여 성대한 Reunion Reception을 준비했

다. 모두들 제1회 OPM 17 Class Reunion은 대성공이었다고
칭찬했다.

　　두 번째 OPM 17 Reunion은 호주에서 열렸다. 다음 Reunion
들은 Puerto Rico, Germany, Brazil, Iceland 등 세계 각지에
서 열렸다.

ICT Consortium의
인천국제공항 건설계약 수주(受注)

한국정부는 미국의 Bechtel 회사가 인천국제공항 건설 Master Plan을 완료한 후 1991년에 세계 각처에 인천국제공항(IIA) 건설 제안서(Request for Proposal(RFP))를 제출할 것을 발표했다.

New Seoul International Airport birds' eye view

대부분의 국제공항은 (1) 비행기가 이착륙하는 활주로, (2) 탑승 전과 도착 후 승객을 수용하는 Terminal Buildings, 그리고 (3) Radars, 항공 교통 관제, 컴퓨터 및 통신장비와 같은 기술 시스템의 세 가지 주요 기능 영역으로 구분된다.

나의 회사 International Computers & Telecom, Inc. (ICT)는 국제공항 건설에 대한 기업 경험이 없었지만, ICT는 미국 우주항공국(Federal Aviation Administration(FAA))의 Prime Contractor 로서 110개의 미국 민간 공항에 저공돌풍예고장치(Low-Level Wind Shear Alert Systems(LLWAS))를 개발 및 설치했다. 1970년대 Dallas, Texas 공항에서 갑자기 발생한 돌풍으로 인해 항공기가 전복되고 많은 승객이 사망하는 대형 사고가 발생한 후, FAA는 많은 Research & Development(R&D)를 거쳐 IT와 통신 전문회사인 ICT로 하여금 LLWAS를 개발 및 설치하도록 했다.

이 LLWAS는 미국에서 최초로 개발한 항공안전장치(Aviation Safety System)로서 바람이 많이 부는 나라에서 필수적으로 필요한 장치이다. 1991년 나는 대한민국이 인천국제공항(IIA) 건설 RFP(제안요구서)를 발표했다는 사실을 알고 IIA도 최첨단 돌풍예고장치인 LLWAS를 꼭 설치해야 한다고 믿고, FAA가 한국정부에 LLWAS Technology Transfer를 허용하도록 건의한 결과 FAA의 허가를 얻었다. 나는 FAA의 허가를 가지고 FAA에서 Director로서 근무했던 두 ICT 사원을 대동하고 한국 건설교통부를 방문했다. 1968년 유학하기 위해 한국을 떠난 뒤, 처음으로 한국을 방문한 것이었다.

당시 건교부의 IIA 건설 책임관들은 나와 두 ICT Managers (Former FAA Directors)들의 건교부 방문을 환영했다. 우리는 이때 Bechtel 회사의 IIA Master Plan에는 LLWAS 설치계획이 없었던 사실을 발견했다. 이때 건교부 IIA 건설 책임관들은 두 ICT 직원으로 하여금 Bechtel의 Master Plan에 LLWAS를 설치할 위치를 IIA Master Plan 도면에 대략 표기해 달라고 부탁하자, 두 ICT 직원들은 약 두 시간에 걸쳐 Master Plan을 구체적으로 검토한 후 LLWAS의 대략의 위치를 표기했다.

그 후 건교부의 IIA 건설 총책임자들은 한국정부가 IIA 건설 RFP를 발부했다고 말하면서 몇 개의 Consortium들이 경쟁할 것이라고 말했다. 그때 나는 ICT가 IT와 통신 전문회사로서 FAA의 LLWAS 설치 이외는 공항건설 경험이 없지만, 활주로 건설과 Passenger Terminal Building 건설 전문 회사와 Consortium이 되어 경합할 수 있다고 생각하고 미국에 돌아와 실력 있는 국제공항 건설 회사들을 조사했다. 역시 Bechtel

회사가 세계에서 가정 큰 국제공항 건설 회사라는 것과 또한 Bechtel 회사는 한국의 현대건설과 Consortium 계약을 체결했다는 것도 알게 되었다.

그 후 나는 4개의 회사로 구성된 Consortium을 만들었고 4 회사들은 (1) ICT, (2) Parsons, (3) Turner Construction과 (4) 한국전력공사로 구성되었다. ICT는 radar, 안전 및 보안 장치, Computer와 통신 장비들에 대하여, Parsons는 Terminal Building 건설에 대하여, Turner Construction은 활주로 건설에 대하여, 그리고 한국전력공사는 ICT Consortium과 한국 정부와의 모든 연락을 책임지도록 업무 분담을 했다. 나는 'ICT Consortium Leader'로서 Consortium의 Proposal을 작성 제출하는 총책임을 졌다.

다른 Consortium은 Fluor Daniel, Inc과 POSCO의 Team 이었으나, Bechtel-현대건설 Team이 가장 강한 Consortium 이었다. 그 이유는 Bechtel이 전 세계에서 국제공항 건설 경험이 가장 많았을 뿐만 아니라 2년에 걸쳐 IIA Master Plan을 완료했기 때문이었다.

RFP에 대응하기 위한 핵심 전략으로 SWOT Analysis (Strength, Weakness, Opportunity, Threat Analysis) 분석과 손자병법 (孫子兵法)을 적용했다. SWOT Analysis는 Harvard Business School OPM 과정에서 배운 후 ICT의 Marketing 전략으로 성공적으로 이용해 왔고, 손자병법은 지피지기(知彼知己)면 백전불태(百戰不殆)라는 전략적인 용어로, 경쟁에서 이기기 위해서는 적의 장단점과 자기 자신의 장단점을 동시에 알아야 한다는 원리이다.

나는 SWOT Analysis 와 손자병법을 이용하여 ICT Consortium의 강약점과 장단점들을 분석했다. ICT는 Radar 등 IT와 통신장비 부문에서는 강했지만, Passenger Terminal Building 건설과 활주로 건설 경험이 없어서, Parsons와 Turner Construction 회사들을 고용함으로써 다른 Consortium과 동등한 위치였다. 동시에 나는 미국과 교역하는 많은 나라들의 국제공항들은 FAA Regulations 준수하는 것을 대단히 중요시하는 것을 알았고 또 같은 이유로 IIA RFP에서도 FAA Contract 경력과 사원들의 FAA Regulations 숙지상태가 Contractor 선정의 선발기준으로 알고 있었다. ICT는 FAA LLWAS Contract 경력과 전 FAA 임원 및 공무원들이 ICT 사원들이라는 점이 ICT Consortium

의 장점임을 발견했다.

동시에 Bechtel과 Fluor Daniel Consortium들은 FAA Contract를 가진 경력이 없고 또 FAA Regulation을 잘 아는 사원들이 없어서 사원이 아닌 Consultant들을 채용하는 것을 알았다. 나는 Passenger Terminal Building 건설과 Runway Construction 부문에는 3개 Consortium들이 비슷하다는 결론을 내리고 ICT는 Turnkey System Design은 물론 FAA에서 은퇴한 Director들을 ICT 사원들로 채용했다. 그들은 FAA Contract 경력과 FAA Regulation을 잘 알고 있었다. 따라서 사원 대신 Consultant들을 사용하는 Bechtel Consortium과는 달리 ICT Consortium은 Consultant들이 아닌 사원들이 일하고 있다는 점을 장점으로 강조하면서 Proposal을 제출했다.

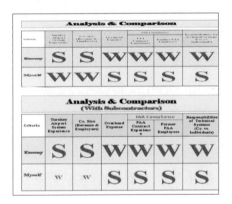

이렇게 SWOT Analysis와 손자병법을 전략적으로 이용한 결과 ICT Consortium은 1992년부터 10년간에 걸쳐 건설하는 인천국제공항 건설의 주계약자(Prime Contractor)로 계약을 체결했다. 나는 ICT Consortium Leader로 활약했고 서울에 있는 ICT의 자회사(Subsidiary)로 Global Tech Co., Limited를 통해 많은 한국인력을 채용하여 인천공항 건설에 투입시켰다. 또한 국내회사들에게 Subcontractor로 하청을 주었다.

ICT는 2002년에 인천국제공항 건설을 성공적으로 끝내고 제주국제공항, 그리고 대만의 장개석국제공항과 성산공항에 저공돌풍예고장치(LLWAS)를 설치했다. 이 결과 ICT는 미국 110개 공항과, 인천국제공항, 제주국제공항, 대만 장개석 국제공항 및

성산공항 등, 세계 114 공항에 LLWAS를 설치한 유일한 회사
가 되었다.

ICT: 미국 8군 지휘통제정보시스템 (TACCIMS)의 설립, 운영, 정비 및 교육

ICT는 1991년에 대규모 정부계약 중의 하나로서 서울용산 주둔 8군으로부터, Theater Army Command & Control Information System(TACCIMS) Contract를 수주받았다.

ICT는 10년 이상 TACCIMS의 개발, 운영, 교육 및 유지를 담당했고 일본 오키나와에도 TACCIMS를 지원해야 했기 때문에 오키나와에 지사를 설립 운영했다.

이 TACCIMS 계약을 효율적인 비용으로 지원하기 위해 ICT는 한국 서울에 Global Tech, Co., Limited 라는 자회사(Subsidiary)를 설립하고 영어를 잘 구사하는 한국인들을 고용하여 미국에서 온 ICT들과 함께 TACCIMS 를 위해 합동 근무를 했다.

Global Tech는 TACCIMS 계약과 더불어 인천국제공항 계약 및 제주국제공항 계약에 대한 인원, 기술 및 물류 지원을 제공했다.

ICT: 미국 대도시 지사와 한국, 대만, 홍콩을 비롯한 해외 지사 설립 및 운영

ICT가 국제적으로 성장함에 따라 다음과 같이 미국 주요 도시뿐만 아니라 해외에도 많은 지점을 두고 한국 서울에 자회사를 설립하여 운영했다.

미국 도시:

- Gaithersburg, MD
- Lanham, MD
- Crystal City, VA
- New York, NY
- Chicago, IL
- Atlanta, GA
- Los Angeles, CA
- Point Mugu Naval Air Station, Camarillo, CA

- San Diego, CA

- Seattle, WA

- Honolulu, HI

Foreign Countries:

- Seoul, Korea: ICT Branch and Subsidiary (Global Tech, Co. Ltd.)

- Kowloon, Hong Kong: ICT Subsidiary (Global Aviation Systems, Inc.)

- Okinawa, Japan: ICT Branch

- Taipei, Taiwan: ICT Branch

- Perth, Australia: ICT Branch

- Manheim, Germany: ICT Branch

- Dar es Salaam, Tanzania: ICT Branch

- Nairobi, Kenya: ICT Branch

ICT: 미국 동부에서
'가장 빠르게 성장하는 중소기업상' 수상

1981년에 총 투자금 $1,000 가지고 창립된 ICT는 창립 후 10년 만에 연간 매출액 $10 Million 이상을 기록한 결과 가장 빠르고 또 성공적인 기업으로 인정받았다. 이 결과로 1991년부터 1993년까지 3년에 걸쳐 ICT는 소위 'The Fast 50s'라고 불

리우는 수상 협회로부터 미국 동부에서 '가장 빠르게 성장하는 민간 기업'으로 선정되었고, 1993년에는 'Inc. 500'라는 기관이 ICT를 미국전체에서 '76번째로 빠르게 성장하는 민간 기업'으로 선정했다.

ICT는 1989년 Rockville, Maryland 시장, 시의회, 인권 위원회 및 Rockville 상공 회의소로부터 Equal Opportunity Employer Award를 받았고, ICT 사장이었던 나는 1993년 Maryland 주지사인 William Donald Schaefer로부터 '올해의 기업가 상'을 받았다.

ICT: 공공 및 사립기관으로부터 우수기업 수상

　정보 통신기술과 공항건설 분야에서 ICT의 성공적인 국제적 성장이 인정받게 되자 George H.W. Bush 대통령은 나와 아내를 백악관으로 초청했다. 이 밖에 만난 미국 대통령과 연방상하원 국회의원들은 다음과 같다. President Ronald Reagan, President Bill Clinton, President George W. Bush, Congresswoman Connie Morella, U.S. Senators Elizabeth Dole, Senator Paul Sarbanes, and Chuck Robb.

140

To David and Gene,
Best Wishes,

2014년에는 King Georgia, Virginia에 있는 Mark Warner 연방상원의원의 농장에서 열린 'Annual Pig Roast Games'라고 불리는 Picnic에도 초대받았다.

이 밖에도 여러 면에서 나에게 많은 조언과 우정을 베풀어 준 주 정부 상하원의원으로는 Virginia 상원의원 Chap Petersen 과 Virginia 하원의원 David Bulova가 있다.

2000년과 2012년의 홀인원(Hole-in-One)

나는 golf가 사업을 경영하는 것과 비슷할 뿐만 아니라 우리의 여행목적과 계획에 따라 마일스톤들을 제시해 주는 자동차 Navigator와도 많은 공통점이 있다고 믿기 때문에 golf 치기를 좋아한다.

우리가 Golf를 치는 목적은 Golf Tournament에 참여하여 상을 타는 것이든지, Golf 친구들과의 친선을 도모하든지, 또는 개인의 건강유지를 위하는 것 등으로 다양하다. 이렇게 Golf 치는 목적이 세워진 후에는, Golf를 잘 치기 위해서 세밀한 계획을 세운다. 즉 어느 Golf Course에서 어느 날 몇 시에 누구와 치는가를 세밀하게 계획해야 한다. 그 다음 1번 홀에서 Golf를 시작한 뒤부터는 미리 정해진 18 Milestones를 따라 Golf를 치면서 Purpose, Plan and Milestones(PPM)를 각 Hole마다 잘 적용해야 한다.

Golf Score가 좋으냐 나쁘냐 하는 것은 개인의 Talent에 많이 좌우되지만, 계획과 마일스톤을 잘못 짜면 좋은 결과를 기대하기 힘들 것이다. 예를 들어 Golf를 칠 시간에 지각한다든가, Golf Ball을 지참하지 않거나, 또는 날씨에 맞지 않는 복장으로 Golf를 칠 때 Golf Score가 많이 달라질 수 있다.

나는 Golf장의 성격에 따라 'Two Birdies' 또는 'One Birdie' 목표를 가지고 시작한다. 물론 계획대로 목표를 달성하지 못할 때가 많지만, 매번 아무런 목표 없이 친다면 발전이 없다.

나는 2000년과 2012년에 Hole-in-one shot을 Maryland와 Florida 주에서 성공시켰다. 내 실력보다는 행운이 많이 작용하였지만 두 번 다 Par 3 Hole에서 세밀한 계획을 가지고 친 결과였다고 생각한다. 예를 들어 한 타로 Hole에 들어갈 수 있도록, 거리와 그날의 풍속, 잔디의 condition 등 많은 Factor를 고려한 후 꼭 맞는 Club과 적당한 Swing과 Speed를 가지고 쳤기 때문

에 얻어진 결과라고 믿는다. 결코 우연의 결과가 아닌 것이다.

아내는 최근 Maryland Falls Road Golf Course 18번 홀 (Par 4)에서 Eagle Shot을 쳤다.

우리는 가끔 Par 5 Hole 에서 Drive Shot에 실패할 때가 있다. 그러나 2nd & 3rd shot들을 잘 치기 위한 전략(Plan)을 세워야 한다. 2nd shot에서 실패하면, 3rd and 4th shot를 계획하면서

진행하여야 한다.

나는 회사의 사업을 관리하는 과정에서도 항상 동일한 전략을 적용하려고 노력한다. 이것이 내가 Golf를 좋아하고 또 내가 'Golf Nut'이라고 불리는 이유이다. 이런 이유로 나는 Potomac, Maryland에 있는 Tournament Players Club (TPC) 골프장 7th Hole 옆에서 살고 있다.

나는 2013년 어느 일요일에 TPC에서 한 친구와 골프를 치고 있었다. 그때 President Joe Biden(당시는 미국 부통령)이 나보다 2개 Hole 뒤에서 치면서 따라왔다.

우리 Golf가 다 끝난 다음, 많은 경비요원들이 주시하는 가운데 Biden 부통령이 18번 홀에서 Putting하는 것을 지켜보았다. 그때 내 친구는 경비원에게 "Biden 부통령께서 golf를 다 마친 후 사진을 같이 찍을 수 있겠습니까?"라고 물었다. 경비원은 단호하게 또 큰 소리로 "No"라고 거절했다.

하지만, 우리의 대화를 들은 Biden 부통령은 Putting을 마친 후 큰 소리로 우리에게 "Come on down. Let's take pictures!"

라고 하였다. 그래서 우리는 Biden 부통령과 같이 사진을 찍는 영광을 가졌다. 그 후 2020년, Joe Biden은 미국 대통령으로 당선되었다.

Biden 부통령과 찍은 사진을 보는 많은 사람들은 "Biden, 핸디캡(Handicap)이 얼마나 돼?" 또 "멀리건(Muligan)은 몇개나 쳤나?"는 등, 익숙한 질문을 하지만, 그들은 내가 같이 Golf 치지 않았다고 말할때 실망하기도 한다.

2017년에는 같은 Golf Course, TPC에서 한국 LPGA 전영인

양과 같이 golf를 칠 수 있었다. 아버지인 전욱휴 프로는 LPGA 전영인의 Cady 역할을 했다.

나는 LPGA 전영인이 Birdie를 할 때마다 $100짜리 한 장씩을 주었다. Birdie가 너무 많이 나와 내가 주머니에 가지고 있던 현금으로는 다 낼 수 없어 Rounding이 끝난 후에 Club House에 가서 갚았다. 나는 미국에서 태어난 전영인이 LPGA가 된 것이 너무 자랑스러웠기 때문에 이런 식으로 Support해 주고 싶었다.

ICT: 교포들을 위한 '미국생활잡지' 발행

나는 한국계 미국인들이 한국 문화에만 집착하기보다는 다양한 미국 주류사회(Mainstream America)에 참여하도록 영감을 주고 싶었다. 한국인들끼리 경쟁하기보다는 사업, 정치, 교육, 스포츠, 저널리즘 및 지역 사회 서비스 면에서 주류사회 미국인들과 경쟁하기를 원했다. 이것이 내가 미국생활잡지(The Korean American Life)라는 컬러로 된 잡지를 매월 한국어와 영어로 발행하는 이유였다.

나는 매달 The Korean American Life 잡지를 발행하고 각 도시에 있는 ICT 지사를 통해 미국 전역의 한인들에게 배포하는 데 매달 최소 5만 달러를 썼다. 또한 미국 주류사회에서 가장 성공한 한인들을 발굴하기 위해 각 도시를 돌아다녔으며 매년 Mainstream American Award Banquet을 후원하여 그러한 한인들을 표창하였다.

미국연방하원으로 당선된 최초의 한국교포는 김창준 국회위
원이다.

OmniBio Secure, Inc. 회사 설립

    2000년에 나는 지문 및 홍채 소프트웨어 알고리즘을 사용하는 여러 생체 인식 기술을 기반으로 OmniBio Secure, Inc.라는 연구 개발(R&D) 회사를 설립했고 개인을 식별하는 소프트웨어 기술에 매료되었다. 지문 기술은 오랜 기간 동안 사용되었지만 지문이 닳거나 더러운 물질이 묻을 경우 식별 알고리즘에 본질적인 문제가 생길 수 있었고 홍채 알고리즘은 신뢰할 수 있지만 완벽할 수는 없다. 완벽한 식별을 생성하는 단일 생체 인식 기술은 없다. 그러나 둘 이상의 기술이 합쳐진다면 개인 식별에 100% 정확도를 제공할 수 있다.

    이러한 이유로 나는 지문과 홍채 인식이라는 두 가지 기술을 기반으로 삼았다. 생체 인식 기술에는 많은 패턴 인식 소프트웨어 알고리즘이 필요했기 때문에 여러 명의 소프트웨어 설계 및 테스트 엔지니어가 필요했다.

    나는 많은 소프트웨어 인력을 고용하는 대신 개발 시간을 절약하기 위해 전국 M&A 회사를 통해 생체 인식 소프트웨어 개발 회사를 구입하기로 결정했다.

ICT 회사의 매각

ICT는 국제적인 IT 및 공항건설계통에서 권위 있는 회사로 성장했지만, OmniBio Secure, Inc.의 성장에 관심이 점점 커졌다. 특히 2001년에 있었던 9.11 Terrorist Attack 이후 미국이 국토방위부를 신설하는 등 국가안전에 총력을 기울이기 시작하자, 보안방지 회사로 시작된 OmniBio Secure를 성장시키고 싶었다. 나는 그때 한국에서 지문인식기계 제작회사와 눈동자 및 얼굴인식 전문 회사들을 매입하고 싶었다.

내가 OmniBio Secure의 신속한 성장을 위해 소프트웨어 개발 회사를 찾던 중 M&A 회사들은 다수의 국내외 지사와 자회사를 두고 IT 및 공항건설부문에서 성공적으로 성장하는 ICT를 인수하기 원하는 여러 회사를 나에게 소개했다.

이것이 계기가 되어 ICT 매각에 관심을 갖기 시작했고 인력과 Overhead 면에서 두 회사를 동시에 운영하는 것이 쉽지 않았다. 이 결과 나는 2000년에 ICT를 매각하고 주식회사 OmniBio Secure, Inc에 집중하기 시작했다.

2001년 9.11 테러공격 이후
국가보안의 중요성 부각

9.11 테러가 발생한 후 생체 인식 기술이 테러 용의자를 탐지하고 식별하는 가장 좋은 방법으로 주목받으면서 OmniBio Secure, Inc.의 가치가 갑자기 치솟았다.

박사 학위 획득하기 위해 사업에서 은퇴

ICT를 매각한 후 Security Application을 위한 OmniBio Secure, Inc.의 운영 확장에 집중하려고 했다. 그러다 내가 1968년 미국에 왔었던 첫 동기는 아메리칸 드림의 성취였음을 되새겼다. 나는 기업에는 성공했지만, 아직 박사 학위를 획득하지 못했고 교수생활도 못했기 때문에 아메리칸 드림을 성취하지 못했다고 결론을 내렸다.

나는 이때부터 어느 대학교에서 어떤 전공을 할까 하고 고민하기 시작했다. Harvard 대학교나 Rutgers 대학교에서 법학을 전공할까, Princeton 대학교에서 신학을 전공할까 망설였다.

때마침 University of Phoenix의 한 Research Professor 로부터 전화 문의가 왔었다. 그는 생채인식을 통한 보안 체제에 관심이 있다고 말했다. 여러모로 연구하던 중 OmniBio

Secure, Inc.를 발견하게 되었다고 하면서 Doctoral Research Paper를 같이 쓰고 싶다고 제안했다. 나는 즉석에서 그 제안을 받아들였고 학업에 전념하기 위해 2004년 모든 사업에서 은퇴했다.

요약하면, 하나님은 나를 향한 하나님의 계획에 따라 이 마일스톤을 이루도록 인도하셨다(잠언 16:9).

제 7 장

'나를 위한 하나님의 계획'을 위해 세우신 10개의 마일스톤들 중 미국에서 성취토록 인도된 No. 9 마일스톤

마일스톤 9 내가 미국에서 아메리칸 드림을 성취하도록 인도하신 하나님

하나님의 우회적인 경로

1968년에 나는 학생으로 미국에 왔다. 그 이후로 하나님은 내가 성공적으로 석사 학위를 취득하고, International Computers & Telecom, Inc. (ICT)를 성공적으로 설립, 운영하고, 리더십과 경영 분야에서 광범위한 기업 경험을 쌓을 수 있도록 인도하셨다.

IT와 공항 건설에 종사하는 국제 기업으로 ICT가 성공적으로 성장한 결과 나와 ICT는 공공 및 민간 부문에서 다양한 상과 인정을 받았고 나는 이러한 값진 상과 표창을 통해 미국 주류사회에 참여하여 높은 지위에 있는 공공 및 민간 유명인을 만나는 것을 즐겼다.

하나님은 우리 가족과 나를 축복하셔서 2 Acres에 있는 집에서 살 수 있게 하셨고. 그 집에는 9개의 침실과 각 침실에 완비

된 욕실이 있고 5개의 벽난로가 있었다. 우리는 교회 합창단 연습을 위해 집을 여는 것을 비롯하여 여러 직원들과 컨설턴트를 하거나 한국의 자회사 Global Tech 계약 직원들 등 많은 비즈니스 관련 직원을 초대하여 모임을 가졌다.

내가 운전 시 개인의 안전이 중요하다는 것을 깨닫게 된 계기가 있었다. 어느 날 벤츠 영업사원이 신차 벤츠 600을 한 달 동안 무료로 시승해 보라고 빌려주면서 큰 캐딜락을 운전하는 나에게 안전에 대한 농담을 하였다. "당신이 Benz 600을 운전한다면 Cadillac과 충돌을 해도 안전합니다".

Benz 600을 몰고 나니 확실히 벤츠가 유연하고 안전하다는 것을 알게 되었고 결국 벤츠 600을 샀다. 가정과 사업을 축복해 주신 하나님께 감사드리며 차 번호판을 'PHIL 413'으로 바꿨다. 내가 좋아 하는 성결 구절 "내개 능력 주시는 자 안에서 내가 모든 것을 할수 있느니라"는 빌립보서 4장 13절의 약자이다. 가끔 "아, 나도 그 구절을 너무 좋아합니다" 라고 말하는 미국사람들을 만나기도 하고, 어떤 사람들은 내가 그리스도인인 것을 알아보며 반가워하기도 했다.

2002년, 나는 성공적인 사업을 한 후 그 사업에서 은퇴했다. 무엇보다도 우리 가족을 축복하시고 ICT를 성공적으로 관리할 수 있도록 인도하신 하나님께 감사드린다. 나는 속으로 "하나님, 제가 1968년에 미국에 왔을 때 꿈꿔왔던 아메리칸 드림을 이룰 수 있게 해 주셔서 감사합니다"라고 말했다.

그러나 기도하자마자 나는 "미국에서 박사 학위를 받고 세계적으로 유명한 교수가 되겠다"고 한국에서 꾼 아메리칸 드림은 아직 이루지 못했다는 것을 깨닫게 되었다. 나는 재정적으로 성공한 편이고 Mainstream America에서 성공한 기업가로 인정받았지만 박사 학위를 받거나 교수생활은 아직 하지 못했다.

이것이 내가 아직 나의 아메리칸 드림을 완성하지 못했다고 생각하게 된 계기이자 전환점이었다. 이때 잠언 16:9를 상기하면서 지금까지 내가 미국에서 풍족한 삶을 살 수 있었던 것은 하나님의 의도적인 우회 전략임을 되새겼다.

그러나 내가 한국에서 꾼 아메리칸 드림을 성취하기 위해서는 박사 학위를 획득한 후 교수생활을 거쳐야 한다는 것을 나로 하여금 깨닫게 하셨다.

나는 석사 학위를 획득한 후, 박사 학위를 계속 할 수 있었겠지만, 하나님은 나에게 ICT회사 설립, 미국 국방부 Contracts, FAA의 LLWAS Contract, 또 인천국제공항 건설 등을 통해 재정적으로 부유할 뿐만 아니라, 광범위한 Leadership과 Management 경험을 통해 많은 능력을 획득하도록 인도하셨다 (잠언 16:9).

이것을 깨닫고 나는 한국에서 꾼 아메리칸 드림을 완성하기 위해서는 박사 학위를 받아야 하고 또 교수생활도 해야 한다고 믿었다.

Leadership 체계의 경영학 박사 학위 취득

Computer Engineering 석사 학위를 받은 후, 나는 경제적인 이유로 박사 학위 과정에 진학하지 않은 것은 아니었다. 석사 학위만 가지고도 박사 학위 소지자들보다도 더 높은 직책으로 또 더 많은 봉급으로 일할 수 있었기 때문에 박사과정을 생각하지도 않았고 또 필요성을 느끼지 못했다.

그러나 아메리칸 드림의 완성여부는 돈으로만 측정되는 것이 아니며 처음 꾼 목적들이 이루어졌는가에 따라 결정된다고 뒤늦게 깨닫고 박사 학위를 취득하기로 결심했다. 어쩌면 하나님은 나로 하여금 OmniBio 회사를 설립하게 했고 University of Phoenix의 Research Professor가 Doctoral Research를 같이 하자고 건의하도록 인도하셨을지도 모른다.

나는 박사 학위를 마칠 수 있는 대학으로 3년 동안 OPM 과정을 공부한 Harvard Business School이나 Computer

Engineering 석사 학위를 받은 Rutgers University를 생각했었다.

그러나 집에서 멀리 떨어져 살아야 하는 데다가 박사 학위를 마치려면 몇 년이 걸릴 수도 있다는 생각에 다소 걱정하였다. Computer Engineering 박사 학위 Program에 관해서는 이미 박사과정 과목을 Rutgers University에서 모두 마친 상황이고 25년 이상 IT 회사를 설립하고 관리했기에 IT가 아닌 다른 Program을 전공하고 싶었다. 그래서 나는 Leadership and Management 전공에 호기심을 갖게 되었다.

나는 망설이다가 University of Phoenix(UoP)의 Doctoral Program Director와 Research Professor와 통화한 후 UoP의 Doctor of Management in Organizational Leadership Program을 택하기로 결정했다.

물론, Law Degree는 박사과정으로 인정되기 때문에 Harvard Law School과 신학에도 관심이 있어 신학박사 과정도 생각했었다.

UoP는 Online으로 대부분의 수업을 할 수 있다는 것에 흥미를 갖게 되었다.

나는 이미 ICT를 통해 Online Communication을 많이 했고 1970년대 후반에는 Dial—up Corporate Network Program을 설계하고 판매하기도 했기에 UoP 박사과정에 입학하는 것을 결정할 수 있었다.

UoP에서 다니는 동안 Online Program의 취약점이 학생들이 Cheating하는 것이라는 걸 안 다음, Finger Printing Technology와 Web Camera 장치를 통해 Cheating을 방지하는 법을 UoP에 건의했었지만, 경비와 제작시간 문제로 실현되지 못했다.

나는 생체 인식 기술을 기반으로 하는 국가 안보 시스템 개발에 관심이 있어서 Los Angels에 있는 두 개의 대형 Community College의 학생과 직원을 사용하여 내 논문을 위한 광범위한 조사를 수행했다. 설문조사에 1,220개의 Sample들을 사용했기 때문에 논문평가 교수진으로부터 칭찬을 받았다.

박사 학위 논문

"신분 사기 방지 수단으로서의
'자진 국가 생체인식 신분증' 분석"

Abstract

신분 사기는 Global Terrorism으로 인해 심각한 문제로 부상했다. 미국의 9/11 테러범들은 부정한 방법으로 운전 면허증을 취득하여 비행기에 탑승하는 데 성공했다. 테러리스트가 사기 신분 문서를 사용하는 것을 사전 방지하기 위해 생체 인식 기술과 개인 식별 카드의 사용을 제안했다. 이 전략적 연구의 목적은 대중이 신원 사기를 방지하기 위한 보다 신뢰할 수 있고 안전한 수단으로 자발적생체인식신분증(Voluntary National Biometric Identification Cards as Means to Prevent Identity Fraud) (NBIC)을 사용하는 동기 요인을 조사하는 것이었다.

Research Sample은 California에 있는 두 Community College 학생과 교직원 및 직원 등 1,220명이었고 설문 조사 결과는 NBIC 사용자에게 특정 인센티브가 제공되는 경우 대중이 자발적인 NBIC 를 사용할 것이라고 제안했다.

전체 박사과정을 이수하고 자격 시험에 합격하고 논문을 작성하기까지 약 3년이 걸렸고 나는 은퇴한 사람으로서 시간의 여유도 있었고 학업과 연구비도 쉽게 감당할 수 있는 덕분에 University of Phoenix에서 박사 과정 학생을 배출하기 시작한 이래로 내 연구가 최고 중 하나라고 하였다.

나는 2005년 박사과정 졸업생 중에서 '올해의 박사과정 학생(Doctoral Student of the Year)'상을 받았고 내 사진과 박사논문은 University of Phoenix 모회사인 Apollo Education Group, Inc.의 Annual Report에 소개되고 인쇄되었다.

University of Phoenix

Upon the recommendation of the Faculty,
University of Phoenix does hereby confer upon

David Y. Sohn

The Degree of

Doctor of Management

with all the rights, honors and privileges thereunto appertaining.

In witness whereof, the seal of the University and the signatures as authorized
by the Board of Directors, University of Phoenix, are hereunto affixed,
this thirty-first day of March, in the year two-thousand five.

Chairman, Board of Directors

President

경영학 및 IT 교수 역임

2005년에 조직 리더십에서 경영학 박사 학위를 받자마자 나는 Univ of Phoenix, Grand Canyon Univ, Axia College of the Phoenix, Washington Baptist University 등 미국의 여러 대학에서 학부 및 대학원 Program들을 위한 기업 및 정보기술 과정을 가르치는 교수로 초대받았다. 2006년에 나는 한 학기에 총 105명의 학생에게 5개의 온라인 과정을 가르치는 등 Full-time Professor로 바쁜 생활을 했다.

나는 2007년 Washington Baptist University에서 경영학 과정을 개발하고 또 On-campus로 가르치는 교수로 초대되었다. 이렇게 On-campus 와 Online Professor로 많은 학사 및 석사과정 학생들과 함께 학문연구에 열중하는 동안 새로운 열정을 발견했다. 어떤 때는 미국도시뿐만 아니라 일본(Okinawa), Canada, 한국에서도 Online 학생이 등록했고 이들과 밤중까지 학술토론을 하기도 했다.

나는 또한 중국 연변대학교 과학기술대학에서 강연하기 위해 초청 연사로 초청되었고 2007년에는 한국의 한동글로벌대학교에서 나에게 대학원 비즈니스 프로그램 과정을 가르칠 것을 제안했다. 하지만 건강의 이유로 가는 것을 포기했었다.

2007년을 마무리하면서, 마침내 나는, 1968년에 한국에서 꾼 꿈, '미국에서 박사 학위를 받은 후 세계적으로 유명한 교수가 되는 아메리칸 드림'을 성취했다고 스스로에게 선언했다. 하나님은 '나를 위한 하나님의 계획'을 성취하는 데 가장 중요한 마일스톤, 즉 '아메리칸 드림'을 성취하도록 인도하셨다(잠언 16:9). 하나님은 내가 박사 학위 획득과 교수 생활을 보다 효율적으로 성취하기 위하여 먼저 ICT 회사를 통하여 Leadership과 Management를 실무 경험을 통하여 배우게 하셨다. 그 이유는 다음 마일스톤을 위한 준비과정이었기 때문이다.

제 8 장

'나를 위한 하나님의 계획'을
위해 세우신
10개의 마일스톤들 중
미국에서 성취토록 인도된
No. 10 마일스톤

마일스톤 10 '나를 위한 하나님의 계획'으로
세워진 나의 Lifetime Vision을 성취하도록
인도하신 하나님

'나를 위한 하나님의 계획(God's Plan For Me)'

하나님은 나로 하여금 세상을 변화시킴으로써 하나님께 영광을 돌리도록 나를 창조하신 후(창세기 1:27) 예수그리스도를 믿게 하사 자기의 아들로 입양시키셨다(에배소서 1:5).

하나님은 내가 잘못된 길을 갈 때 바른 길로 인도해 주시어(잠언 16:9) '나를 위한 하나님의 계획'을 깨닫게 하셨다.

1968년 나는 '나를 위한 하나님의 계획'을 처음으로 깨닫고 그 계획을 완수하기 위해 도미유학을 떠났었다. 즉 '나를 위한 하나님의 계획'은, "나로 하여금, 전 세계 모든 인류, 특히 경제적, 육체적 또는 사회적으로 소외된 사람들을 위하여 가장 혁신적이고 효과적이고, 저렴한 교육을 제공함으로써 세상을 변화시키는 것('God's Plan For Me' is to help me transform the world by providing the most innovative, effective and affordable education to all the people around the world, especially those who are underprivileged financially, physically and/or socially)"이라고 믿고 내 인생의 비전으로 삼았다.

동시에 하나님은 '나를 위한 하나님의 계획', 즉 내 인생의 비전을 내가 완수하도록 10개의 마일스톤을 세웠고 그중 9개의 마일스톤을 성공적으로 성취하도록 인도하셨다(잠언 16:9).

10번째로 세워주신 마일스톤은 직접 IGlobal University를 설립하여 전 세계 학생들, 특히 경제적, 신체적으로 또는 사회적으로 소외된 학생들에게 가장 혁신적이고 효율적이고 저렴한 교육을 제공하여 세상을 변화시킴으로써 '나를 위한 하나님의 계획', 즉 내 인생의 비전을 성취하는 것이었다.

1968년에 한국에서 세운 계획은 아메리칸 드림을 성취한 후 한국에 돌아와서 교육에 종사하는 것이었지만, 하나님은 미국에서 교육사업에 종사하도록 인도하였다.

IGlobal University(IGU)의 창립(2008)

2007년에는 한동대학교에서 대학원 과정을 가르치라는 요청을 받았고 아내와 나는 한국으로 이주하여 3~5년을 살 계획을 가졌다. 그러나 그때 내게 심각한 소화 불량 문제가 있다는 것을 주치의가 여러 가지 검사를 시행한 결과로 알게 되었기 때문에 한국에 가지 않기로 결정했다. 다행히 가르치는 것은 미국에서도 계속 할 수 있다는 의사의 허락을 받았다.

2007년 5월, 나는 Virginia에 있는 기독교 대학에서 경영을 위한 정보 기술이라는 과정을 개발한 뒤, 한 학기 동안 직접 강의했다. 또한, 내 배경을 잘 알고 있는 이 대학의 총장은 자기 대학에서 Online Program을 제공할 수 있도록 포괄적인 제안서를 제출하라고 요청했다. 나는 이 제안을 위해 6개월 동안 많은 시간과 노력은 물론 모든 경비를 부담하면서 제안서를 만들어 총장과 부총장에게 제출하였다. 아울러 이 제안서는 Online

Student들이 사용할 수 있는 30대의 컴퓨터를 내가 무료로 납품할 계획을 포함하고 있었다.

총장은 내 제안서를 찬성했기 때문에 나는 2007년 12월 Online Program을 시작하는 경비로 $50,000를 기증하기로 계획했었다. 그러나 부총장의 반대로 내 제안은 결국 거절당했다. 이때 "만일 내가 세운 대학교를 가지고 있다면, 내 Idea로 대학을 운영할 수 있다"는 생각이 들었다.

2008년 1월 1일 "하나님, 저는 원래 한국에서 대학을 설립하려고 계획했지만, 우선 제가 미국에서 지금까지 얻은 지식과 경험을 토대로 미국에서 대학교를 세우도록 도와주십시요!"라고 기도했다.

그 결과 나는 Virginia 주에 IGlobal University를 세우겠다는 'New Year's Resolution'을 세웠다.

대학교 이름으로 'Global'이란 단어가 좋았기 때문에 Global University를 쓰고 싶었지만, 당시 이미 Global University가 존재하여 많은 구상 끝에 Innovative에서 'I' letter를 빌려,

'IGlobal University'로 명명하였다. 또한 Letter 'I' 는 Internet
과 iPhone 등 Online을 대신하는 Initial이기도 하여 간접적
으로 Innovative Education을 On-campus 교육은 물론,
Online 교육으로도 병행함을 상징하니 아내를 비롯하여 많은
사람들이 혁신적인 이름이라고 동조했다.

　나는 우선 대학교 Logo를 몇몇 Artist들을 채용하여 다음과
같이 design했다.

Virginia 주 정부 등록 및 인증

그 후 나는 하나님께 기도하면서 Virginia State Corporation Commission에 대학을 'IGlobal University, LLC'로 등록했고 그런 다음 2008년 2월 4일에 학위 및 수료증 및 졸업장을 수여하는 State Council of Higher Education for Virginia(SCHEV) Certificate를 부여받았다.

IGU의 창립 이념

IGU가 '나를 위한 하나님의 계획'을 성취하기 위해 창립되었기 때문에 IGU의 창립이념(Founding Philosophy)은 내 인생의 비전과 같다. 따라서 IGU의 Vision Statement도 동일하게 정했다.

IGU를 일반적으로 우수하거나 부유한 학생들을 많이 수용하는 기존의 전통적인 대학들과 다르게 만들고 싶었다. 나는 미국인 학생뿐만 아니라 경제적, 신체적, 사회적으로 소외된 사람들을 포함하여 전 세계 모든 사람들에게 가장 혁신적이고 효과적이고 저렴한 교육을 On-campus와 Online으로 제공함으로써 세상을 변화시키는 데 공헌하는 대학교를 만드는 것을 꿈꿨다.

또한 IGU의 창립 이념에 근거하여 다음과 같은 IGU 운영원칙을 세웠다.

제도적 운영을 위한 4가지 기둥(Pillars)

IGU는 다음 원칙에 따라 대학을 운영해 왔다.

■ 법을 준수한다 (Legal & Compliant)
IGU가 준수해야 하는 중요한 법률 중 하나는 IGU가 교육 프로그램, 활동에서 성별, 인종, 출신 국가, 종교, 연령, 결혼 여부 또는 장애를 이유로 불법적으로 차별하지 않고 평등한 교육 및 고용 기회를 제공한다는 것이다.

■ 윤리적인 운영 (Ethical)
■ 전문적인 운영 (Professional)
■ 동정적인 경영 (Compassionate)

IGU는 이 경영방침에 의거하여 많은 불우한 학생들에게 장학금을 주어 왔다.

8.4.1 Vision Statement

"IGlobal University envisions to transform the world by

providing the most innovative, effective and affordable education to all the people around the world, whether they are young or old, rich or poor, privileged or underprivileged financially, physically, and/or socially, through on-campus and online modalities."

8.4.2 Mission Statement

IGU의 사명은 다음과 같은 목표를 통해 새로운 글로벌 도전 과제를 충족하고 능가할 수 있는 학문적, 혁신적, 실용적인 접근 방식을 기반으로 다양한 학생에게 직업 관련 교육을 제공하는 것이다.

- 직업 관련 프로그램 및 교과 과정 실습 개발
- 인턴십, 학외연수, 견학, 초청 연사를 통해 지역사회 자원과 긴밀한 협력을 통한 실무 교육 제공
- 학생들에게 지속적인 경력 개발 서비스를 제공

8.4.3 Institutional Goals

사명을 완수하기 위해 IGU는 다음과 같은 전략적 목표를 수립했다.

- 진로 관련 교육에서 학문적 우수성을 달성한다.
- 효율적이고 효과적인 자원 관리를 통해 재정적 지속가능성과 건전성을 달성한다.
- 글로벌 확장과 성장을 성공적으로 관리한다.

8.4.4 Institutional Objectives

전략적 목표를 달성하기 위해 대학은 '학문적 질'을 강조하여 다음과 같은 목표를 설정했다.

- 적절한 직업 지향적인 학업 프로그램을 개발한다.
- 학생들의 만족스러운 학습 결과와 졸업생들과 직원들의 만족도를 통해 높은 등록과 등록 유지 및 직업 알선율을 달성한다.
- 지역과 국내 및 국제적인 커뮤니티 리더를 포함한 모든 이

해 관계자와 긴밀한 협력 파트너십을 구축한다.

8.4.5 Core Values

IGU의 본질적인 추진력은 세계 학생들에게 제공되는 다양한 교육 프로그램에 반영된다.

- 다양성: IGU는 전 세계에서 온 학생들을 환영하고 모든 구성원의 평등한 참여를 장려한다.
- 평생 학습: IGU는 지속적인 교육을 통해 학습 및 평생 지식 보유를 자극하고 촉진한다.
- 긍정적 정신: IGU는 자부심과 연민으로 정직과 화합을 장려한다.
- 파트너십 협력: IGU는 학생, 교수진, 직원 및 지역 사회 시민을 포함한 모든 이해 관계자와 협력한다.
- 효과적인 교육 제공: IGU의 교육 프로그램은 다양한 전문 분야에서 성공하기를 열망하는 학생들을 위해 설계되었고, 교육 제공은 주로 본교와 미래의 분교에 기반을 둔다.

8.4.6 Academic Objectives

사명을 완수하기 위해 IGU는 다음과 같은 교육 목표를 위해 최선을 다하고 있다.

- 졸업생은 지역 사회에서 생산적으로 일할 수 있는 기초적이고 중요한 지식을 축적한다.
- 졸업생은 다양한 비즈니스 커뮤니티의 요구를 충족하기 위해 행정 및 관리 기술을 효과적으로 통합한다.
- 졸업생들은 각자의 업무 분야에서 교육적이고 실용적인 비즈니스 개념과 행정 기술을 적용한다.
- 졸업생들은 앞서가는 비즈니스 운영에 따라 자기 주도적이고 평생에 걸친 학습을 계속 추진한다.
- 졸업생은 직장에서 인적 자원 관리에 대한 유능한 의사 소통 기술을 보여준다.
- 졸업생은 점점 더 다재다능해지는 경제에서 승진과 리더십 역할 및 팀워크에 관련된 적절한 일반 지식과 전문 기술을 보여준다.
- 졸업생은 기능적 작업 영역에 대한 능력과 이해를 보여주고 특정 연구 분야에서 광범위한 전문 지식을 보여준다.

2019년까지 National Accreditor ACICS로부터 연방교육 인증

나는 IGU가 전 세계에서 온 학생들을 받아들일 수 있기를 바랐지만 유학생을 입학시키기 위해서는 인증기관의 인가를 받아야 한다는 것을 처음에는 몰랐다. 그래서 미국의 다른 주에서 입학하는 Online 학생들을 즉시 승인할 수 있도록 DETC(Distance Education Training Council)에 인증을 요청했다. 그러나 DETC 인증만으로는 IGU가 국제 학생을 인정할 수 없다는 것을 알게 되었다.

ACICS(Accrediting Council for Independent Colleges and Schools)에 연락하자, ACICS의 인증을 받기 위해서는 IGU가 최소 2년 동안 운영되어야 하고 프로그램당 최소 7명의 졸업생이 있어야 하며 초기 인증을 위해 ACICS 검열 방문 당시 최소 10명의 현재 재학 중인 학생이 있어야 한다는 것을 알게 되었다.

ACICS 인증을 최대한 속히 받기 위해 Academic Program 들을 축소하기로 결정하고 가장 유명하면서도 단기 과정인 MBA Program 하나만 가지고 ACICS 인증 신청한 결과, 2012년 4월, IGU는 MBA Program 인증을 받았다. 2015년에는 2019년 12 월 31일까지의 인증 갱신 허가도 받았다.

연방교육부로부터 인증받은
Academic Programs

Master of Business   54 Quarter Credit Hours

Administration (MBA)

Six Concentrations:

1. Leadership & Management

2. Accounting & Finance

3. Info Technology Management

4. Health Care Management

5. Human Resource Management

6. Project Management

Bachelor of Business　　　　180 Quarter Credit Hours

Administration (BBA)

Four Concentrations:

1. Leadership & Management

2. Accounting & Finance

3. Human Resource Management

4. Project Management

Master of Science in　　　　54 Quarter Credit Hours

Information Technology (MSIT)

Three Concentrations:

1. IT Systems & Management

2. Data Analytics & Management

3. Software Design & Management

Master of Science in　　　　54 Quarter Credit Hours

Cybersecurity (MSCS)

Bachelor of Science in   180 Quarter Credit Hours

Information Technology (BSIT)

Three Concentrations:

1. Cybersecurity

2. Enterprise Information Management

3. Software Engineering

CompTIA Certificate Programs

1. CompTIA Networking Certificate

2. CompTIA Security Certificate

국토방위부로부터 외국학생(F-1) 입학 허가

IGU는 학생 및 교환 방문자 프로그램(SEVP)이 외국학생(F-1)을 등록하기 위해 연방 국토방위부(U.S. Department of Homeland Security) 인증을 받았다.

IGU는 2013년에 MBA 프로그램, 2014년에 BSIT, BBA, ESL 프로그램에 대한 SEVP 인증을 획득했다.

Title IV 연방 학생 지원 프로그램

IGU는 Title IV 연방 학생 지원 프로그램을 신청했고 2013년에 미국 교육부(DOE)는 IGU의 MBA 프로그램에 대한 연방 학자금 대출 프로그램을 승인했다. 2015년에 IGU는 BSIT, BBA 및 ESL 프로그램을 위한 연방 학생 보조금 프로그램도 신청했다.

외국인 교환방문자(J-1) 프로그램 허가

미 국무부는 1961년 상호 교육 및 문화교류법에 근거한 행정 규정에 따라 다음과 같은 승인된 범주 안에서 IGU를 교환 방문자 프로그램의 후원자로 지정했다.

DS-2-19 양식: 교수, 연구 학자, 전문가, 학생, 대학/대학교 DS-2019 운영 첫해 할당: 340명

Veterans Affairs Education and Training Program 승인

재향군인들을 위한 교육 및 훈련 프로그램 승인받았다.

Inter-State Online Education Program 승인

IGU는 연방교육부가 주관하는 National Council for State Authorization Reciprocity Agreements(NC-SARA) to Offer Online Courses를 통해 다른 주에 있는 학생들을 Online Program에 입학시킬 수 있는 허가를 받았다.

2022년까지 National Accreditor
ACCSC로부터 연방교육 인증

    IGU는 2018년 더 광범위한 Academic Programs의 승인과 발전을 위하여 ACCSC(Accrediting Commission of Careers Schools and Colleges)의 인증을 받았다.

    그 후 Master of Cybersecurity 과정을 증설하고 국내외 학생을 On-campus와 Online으로 교육했다.

IGU Main Campus

IGU는 3개의 지하철역, 2개의 대형 쇼핑몰과 많은 대소 기업이 있는 지역인 Virginia Vienna에 Main Campus를 가진 Urban Campus로 On-Campus와 Online 교육을 제공해 왔다. On-campus 교수들은 매 학기 마다 Faculty Conference에 참석한다. Online 교수들은 미국 전역에서 채용되었기 때문에 Campus에는 Faculty Conference가 있을 때만 참가한다.

Staff들은 학사, 석사, 박사 학위는 물론 3년 이상의 실무경험이 있어야 채용된다.

한국 경성대학교 학생들(12명)이 IGU에서 어학연수(ESL) Program을 졸업했다.

모범생 표창

'Student of the Year' Award

　매년 각 Program별로 가장 모범이 되는 한 학생을 교수진
과 Staff들의 공정한 건의를 통해 선발한다. 아래 Bhattarai
SK(Shree)는 Nepal 연방 판사로 MBA Degree를 받았고 졸업하
던 해 'Student of the Year' 상을 받았다.

Job Training Programs(CPT and OPT)

IGU는 수업기간 중 CPT(Curricular Practical Training)와 졸업 후에 OPT(Optional Practical Training)를 제공한다.

Cultural Diversity Promotion

인도의 Diwali Celebration

몽골의 고유한 풍속

Lunar New Year Celebration
Saturday, January 25, 2020
12:00pm-1:30pm

학생들 생일 축하

과외 활동

자서전 Divine Milestones의 발간을 통해 학생유치 및 간접선교

IGU는 미국 내에서 사는 미국시민 및 영주권 소지자들뿐 아니라 아시아, 아프리카, 유럽 및 중남미에 있는 50개 이상의 다른 국가에서 온 국제 학생들이 입학하여 졸업하고 있다.

나는 '나를 위한 하나님의 계획'이 경제적으로, 신체적으로, 또는 사회적으로 불우한 학생들에게 교육을 제공하는 것을 주로 하기 때문에 Management Book으로 된 영문 자서전으로 『Divine Milestones(Subtitle: A Global Vision Beyond The American Dream)』를 발간하여 Amazon.com은 물론, 다른 출판사를 통해 소개했다. Facebook 등 Social Media에도 많이 홍보했다. 그 결과로 Africa를 비롯하여 다른 나라 학생들이 내 자서전을 읽었다고 말하면서 IGU에 입학하고 싶다고 전제하고 장학금을 요구해 왔다. 입학 결격 사유가 없는 한 적절한 장학금을 주면서 입학시켰다.

이렇게 장학금을 요청하는 학생들 중에는 Muslim 학생들이 많았지만, 내 자서전의 Subtitle: A Global Vision Beyond The American Dream에 더 관심이 많은 것을 깨달았다.

- 2016년 몽골에 있는 한 대학교의 총장이 내가 Harvard Business School을 다닌 것을 알고 자기도 Harvard University Alumni라고 밝혔다. 그는 우수한 학생들을 IGU에게 보내는 조건으로 많은 장학금을 줄 것을 요구했다. 또한 내 자서전, 『Divine Milestones』를 몽골어로 번역 출판하겠다고 건의하였다. 그와 2년간의 계약을 맺은 결과 많은 몽골 학생들이 IGU에 입학하여 졸업했다.

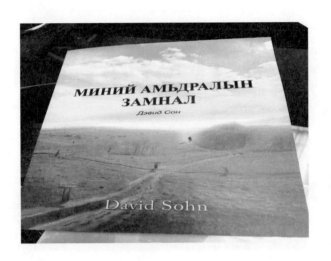

국제 초청강의 통해 아메리칸 드림과
IGU의 소개 및 간접선교

미국정부는 해외에 나가 있는 대사관을 통해 외국학생유치를 위한 Seminar 등 다양한 활동을 매년 전개한다. 이때 미국에 있는 많은 대학교들의 참여를 환영한다. 특히 Mongolia, India, Kazakhstan, Vietnam, Jordan, Israel 들을 방문하면서 내가 'A Global Vision Beyond The American Dream'으로 그 나라 대학교 학생들에게 강의하고 싶다고 했을 때 많은 대학교에서 열광적으로 환영했다. 물론 Covid-19 Pandemic이 일어난 후로는 초청하는 대학이 없었지만 나도 여행할 계획이 전혀 없었다.

2018년 몽골에 있는 대학교에서 대학생, 고교학생들에게 'A Global Vision Beyond The American Dream'이란 제목으로 내가 언제 어디서, 어떤 동기로 아메리칸 드림을 꿈꾸었으며, 또 어떻게 ICT 회사를 건립하여, 미국국방부 IT Contract들과

FAA로부터 LLWAS Contract를 수주받았는지를 소개했다. 더 나아가 ICT의 IT Systems 경력과 FAA Contract 경험을 바탕으로 한국정부로부터 인천국제공항 건설 주계약을 수주받았다고 소개하자, 학생들은 손뼉을 치면서 찬사를 보냈다. 이어서 왜 IGU를 설립했고 왜 몽골 같은 외국학생들을 환영하는가를 설명했다.

나는 학생들이 내 강의에 더 열심히 경청하도록 하기 위해, US $100짜리 한 장을 꺼내 보이면서, 강의가 끝난 후 나의 질문에 대해 정답을 맞히는 첫 학생에게 $100을 주겠다고 선언하고 강의를 시작한다.

Power Point와 사진 및 동영상으로 강의를 마친 후, 질문을 한다. 내 질문은 "나는 어느 나라에서 아메리칸 드림을 처음으로 꿈꾸었나?" 라는 질문이지만, 한국이 아닌, 미국에서 처음 꾸었다고 대답하는 학생들이 많다. 나는 더 이어 "아메리칸 드림은 어느 나라를 막론하고 '열심히 일하면, 여러분의 부모보다 더 성공할 수 있다'는 것이다"라고 정의를 설명하면서 "여기 있는 몽골학생들도 열심히 공부하면, 여러분 부모님들보다 더 성공할 수 있다"고 격려하고 Lifetime Vision과 Realizable Milestones를 가능한 빨리 세우라고 권고했다.

나는 대학교 강의가 끝난 후 몽골국립방송국(Mongolian National Broadcaster (MNB))에서 Live Interview를 통해 IGlobal University를 소개했다. 그 결과 많은 외국학생들이 IGU에 입학하여 졸업했다.

Ambassador OTGONBAYAR Yondon

Global Leadership University 총장

(Harvard University Alumnus)

권오문 총장 부부
몽골국제대학교

IGU–Sponsored Activites

India 대학교 및 고등학교에서 강연

2016년에 나는 학생유치라는 차원에서 인도의 주요도시에 있는 많은 대학교들을 방문하였다. 역시 내가 어떻게 아메리칸 드림을 성취했는가 또 IGU가 어떤 대학교인가를 Power Point를 통해 강연했다. 이 결과 많은 인도 학생들이 IGU에 입학했다.

제 8 장 '나를 위한 하나님의 계획'을 위해 세우신 10개의 마일스톤들 중
미국에서 성취토록 인도된 No. 10 마일스톤

Vietnam 대학교 및 고등학교에서 강연

또 Vietnam에서도 Hanoi, Ho Chi Man City, Danang 시
에 있는 대학교와 고등학교에서 강의를 했다.

나는 하노이 경영 및 공과 대학교(HUBT)의 부총장 Minh 박사의 초청으로 HUBT를 방문하고 IGU와 HUBT간의 MOU를 서명했다.

나는 2019년 IGU 겨울학기 졸업식에 HUBT 부총장 Mihn 박사를 Guest Speaker로 초청했다.

Jordan 대학교 및 고등학교에서 강연

나는 Jordan과 Israel에 있는 대학교와 고등학교로부터 초청 강의를 받고 학생들에게 내가 어떻게 아메리칸 드림을 성취했는가, 또 IGU는 어떤 대학인가를 Power Point를 사용하여 강의했다.

Israel 대학교 및 고등학교에서 강연

Kazakhstan 대학교 및 고등학교에서 강연

나는 Kazakhstan 교육부로부터 강의 초청을 받고 교육부 주최의 국제강연에 참석했을 뿐만 아니라 Kazakhstan에 있는 많은 대학교와 고등학교를 방문하여 아메리칸 드림과 IGU에 대하여 강연을 하였다.

Kazakhstan 교육부 주최로 개최한 국제교육 Forum에 미국 대표로 초대된 나는 IGlobal University(IGU)의 설립이념, Vision and Mission Statements, Programs, Core Values, and Operational Philosophy 등을 소개했다.

Kazakhstan Almaty에서 발행되는 한인신문

Kazakhstan에 사는 조선족 한인회장과 환담하면서 내 자서전을 전달했다. 또한 IGU는 학교성적이 우수한 조선족 고등학교 졸업생 몇 명에게 100% 장학금을 부여하겠다고 회장에게 전했다.

Kazakhstan IT University 총장이 기념패를 나에게 증정했고 나는 내 자서전을 증정했다.

주미 한국 대사관 방문

50여 개 국가에서 온 학생들의 교육 및 졸업식

2018년 졸업식

2019년도 졸업식

Valedictorian: Kobe Ampomah

Kobe Ampomah는 Africa에서 온 학생으로 IGU에서 MBA Degree를 받았다. 그는 2019년 IGU 졸업식의 Valedictorian 으로서 이렇게 그의 Speech를 시작했다.

Kobe는, "나는 Dr. David Sohn으로부터 두 단어(Two Words)를 배웠는데, 그것은 '계획(Plan)'이란 단어와 '마일스톤들(Milestones)' 이란 단어이다"라고 다음과 같은 Testimony를 남겼다.

My Name is Kobe Ampomah and I was born and raised in Ghana, West Africa. I moved to the United States in 2014 after completing my first degree at University of Ghana. I pursued my Master of Business Administration (MBA) with a concentration in IT, MBA IT, at IGlobal University.

During my stay at IGlobal University, Dr. David Sohn who was the founder and President of the school always stressed on two points whenever he addressed the student population, "Plan" and "Milestones". This is something I read about in his book called the Divine Milestones as well. I had always understood the concept of "planning", but "milestones" were a bit new to me. It was after reading his book that I had self-actualization that my milestones are supposed to be the executive branch of my Plan. Thus, keeping my Plans in check to ensure I am on the right path to achieving my goals in life.

I graduated IGlobal University with a 4.0 GPA "Summa Cum Laude" and I am currently a Senior Software Product Analyst at Trust Bank, managing their entire Artificial Intelligence Automated Document Recognition and Optical Character Recognition (ADR/OCR) for their Mortgage processing software.

I am also the Founder and CEO of Innovations Reimagined, LLC. My company is involved in multiple facets of technology including Software Development, Augmented Reality and Virtual Reality Solutions, Artificial Intelligence products in ADR/OCR as well as Agile trainings and Process Improvement Engineering. We believe in answering the question "Why" in providing cutting-edge solutions to our clients. Find out more at www.innovationsreimagined.com.

I will end this with a favorite quote from my mentor, Steve Jobs that says, " the people that are crazy enough to think they can change the world are the ones that actually do". Thank you.

Guest Speaker: Ainur Karzhaubayeva 박사

(Kazakhstan 교육부)

Guest Speaker: Ninje Ninj 여사

(몽골 국영방송 국장)

Guest Speaker: Moneim Zribri 박사

(Tunisia에 있는 대학의 온라인 프로그램 학장)

나는 '나를 위한 하나님의 계획'을 예레미아 29:11를 통해 발견하고 다음과 같이 정리하면서 그 계획을 내 인생의 꿈 즉 Lifetime Vision으로 결정했다.

즉 하나님이 "나로 하여금 가장 혁신적이고, 효율적이고 또 저렴한 교육을 세상 모든 사람들에게 제공하여 한국사회는 물론 전 세계를 변화시키도록 하는 것"을 '나를 위한 하나님의 계획'이라고 결론을 내렸다. '세상 모든 사람들'이란 구절에 좀 더 구체적인 제한을 두어, 나는 "경제적으로, 신체적으로 또는 사회적으로 불우한 사람들에게 우선적으로 교육을 제공하자는 것"이 하나님의 뜻이라고 해석했다.

또한 교육대상이 한국인들만 아니라 전 세계를 상대로 하기 때문에 On-Campus와 Off-Campus 교육을 병행해야 한다고 믿었다.

영어로는 "God's Plan for David Sohn is 'to transform the world by providing the most innovative, effective and affordable education to the people around the world, whether they are privileged or underprivileged financially, physically and/or socially, through on-campus and off-campus modalities.'"

나는 이 계획을 완성하기 위하여 IGlobal University(IGU)를 세웠기 때문에 IGU의 Vision Statement 도 동일하다.

나는 IGU를 창립한 후 경제적으로, 신체적으로 또는 사회적으로 불우한 학생들에게 교육의 기회를 우선적으로 주려고 많은 장학금을 부여해 왔다. IGU 창립 후 2년 후인, 2010년에, 시각 장애인이며 Tunisia에서 온 Moneim Zribri이 나에게 MBA Program 입학상담을 요청해 왔다. 그는 다른 대학에서 다른 분야의 석사 학위를 받았지만, job을 못 가지고 있다고 불평했다. 그는 시각장애인이지만, Computer로 공부하고 또 듣는 데는 지장이 없기 때문에 100% 장학금을 수여하고 입학을 허락했다. 이것은 신체적으로 불우한 학생에게 교육의 기회를 주라는 IGU Vision Statement에 따른 입학 절차이다.

그는 다른 도시에 있는 Apart에서 살고 있지만, Fairfax County 정부가 장애인에게 숙비, 식비, 교통비 등 일체를 제공하기 때문에 일상 생활을 하는 데는 아무 걱정이 없었다.

그는 MBA Class에 참석하기 위해서 전날 County 정부에 전화하여 IGU Campus까지 Taxi Service를 예약해 둔다. 그래서 등교하는 데는 문제가 없지만, Class가 끝나는 시간이 일정하지 않기 때문에 집에 갈 때는 Taxi가 제시간에 오지 않는다. 어떤 때는 1시간 내지 2시간까지 혼자 기다리는 것을 보았다. 내가 집에 가는 길은 아니지만, 그에게 Apart까지 ride를 주면서 말동무가 되었다.

어떤 때 내가 출석하는 워싱턴 지구촌 교회 영어 예배에 참석하라고 권해 보았지만, 자기는 Muslim Mosque에 나간다고 하면서 거절했다.

그의 누나가 그의 Apart로부터 멀지 않은 곳에 살고 있고, Moneim이 집에 올 때쯤에는 Apart 앞에서 Moneim을 기다리다가 Apart로 데리고 간다. 내가 데리고 오는 것을 보고 너무 기뻐하고 또 나에게 고맙게 인사했다. 그의 누나에게는 고교에 다니는 딸이 있었는데 나는 그 모녀에게도 장학금을 주어 IGU 학사과정에 입학시켰다.

Moneim은 이렇게 2년 동안 모든 과정을 우수한 성적으로 끝내고 MBA degree를 받은 후 Tunisia에 갔다. 그 후 어느 대학교의 임시 교수가 되었고 또 Part-time 박사과정에 진학하여 경영학 박사 학위를 받았다. 지금은 정교수직을 거쳐 Online Program Dean으로 근무하면서 행복한 삶을 영위하고 있다.

나는 2019년 6월의 졸업식을 계획하면서 Moneim을 Guest Speaker 중의 한 명으로 초청했지만, Schedule Conflict가 있었고, 시각 장애인으로 여행하기가 곤란하여, 그의 Written

Letter를 대독하라고 부탁해 왔다.

　나는 졸업식 때 먼저 Moneim이 시각장애인이지만, 2010년에 IGU MBA Program을 우수한 성적으로 MBA 학위를 받았고 그 후 박사과정에 진학하여 경영학 박사를 받았으며 현재는 대학 Online Program Dean으로 근무한다고 설명하고 그의 편지를 읽었다.

　편지를 읽자마자 졸업생 일동과 가족을 포함하여 모든 참석자들이 큰 박수를 보냈다.

Dr. Moneim Zribri's Testimonial

Hello, Class of 2019!

Congratulations from Tunisia!
My name is Dr. Moneim Zribi. I live in Tunisia and I work as a higher education consultant, online and blended learning.

Dr. David Sohn invited me to attend 2019 Graduation Ceremony to speak to the graduating students. However, to my disappointment, my schedule does not allow me to go to America. Instead I am writing this testimonial so that Dr. Sohn can read it the graduates and guests attending the Ceremony.

Let me start with my story associated with IGlobal University from 2010.

Everyone has a dream... Even though I had two master's degrees and extensive work experience in engineering, I was not able to secure a decent job. However, in 2010 I was introduced to Dr. Sohn by a friend of mine. Dr. Sohn gave me the opportunity to fulfil my dream. He provided me with the opportunity to earn an MBA degree, which made it possible for me to secure a decent job as an adjunct faculty and further my education. Now I earned a doctoral degree in business administration.

After working for a college for 3 years as adjunct faculty, I was promoted to be a full-time professor. And later, the college appointed me as the director then the dean of the online program.

Thanks to Dr. Sohn and IGlobal. My dream has become a reality. Dear fellow alumni graduating today! With hard work and determination, I wish all your dreams come true as well. Thank you!

IGU로부터 은퇴

나는 건강상의 이유와 또 "땅끝까지 하나님을 증거하라는 하나님의 지상명령"을 간접선교를 통하여 따르겠다는 결심으로, 2020년 10월 IGU로부터 은퇴했다.

다행히 하나님의 인도로 교육에 경험이 많은 후계자를 IGU의 총장으로 선택하여 주셨고 나의 IGU 창립이념이 그를 통해 계승되도록 인도하셨다(잠언 16:9). 나는 IGU가 세계를 변화시키기 위해 계속 성장하도록 후계자를 돕고 또 기도할 것이다. 따라서 '나를 위한 하나님의 계획'은 IGU의 후계자를 통하여 계속된다.

요약하면, 하나님은 '나를 위한 하나님의 계획(예레미아 29:11)'을 내가 성취하도록 10개의 마일스톤들을 세우신 다음, 내가 그 모든 마일스톤들을 성공적으로 이루도록 인도하셨다고 믿는다(잠언 16:9). 나는 무조건 하나님을 신뢰하고 따라간 결과

(잠언 16:3) '나를 위한 하나님의 계획(God's Plan For Me)' 즉 나의 Lifetime Vision을 2020년에 성취했다. 특히 마일스톤을 통하여 인천국제공항 건설을 Inception에서 Delivery까지 참여하고 지도했다는 것이 나의 아메리칸 드림을 통하여 가능했었다는 사실에 하나님께 무한한 감사를 드린다.

또한 1968년 나의 아메리칸 드림은 한국 사회의 변화를 위해 꿈꾼 것이었지만, 미국에서 IGlobal University를 창립함으로써 한국을 포함한 전 세계를 변화시키는 것이 하나님의 뜻이며 인도라고 믿고 순종했다.

제 9 장

'땅끝까지'
하나님을 증거하다
(Bear Witness to the Ends of the Earth)

간접선교(Indirect Mission)의 정의

마태복음 28:19-20

그러므로 너희는 가서 모든 민족을 제자로 삼아 아버지와 아들과 성령의 이름으로 세례를 베풀고 20 내가 너희에게 분부한 모든 것을 가르쳐 지키게 하라. 볼지어다 내가 세상 끝까지 너희와 항상 함께 있으리라 하시니라.

Matthew 28:19-20 (NIV)

Therefore go and make disciples of all nations, baptizing them in the name of the Father and of the Son and of the Holy Spirit, 20 and teaching them to obey everything I have commanded you. And surely I am with you always, to the very end of the age.

사도행전 1:8

오직 성령이 너희에게 임하시면 너희가 권능을 받고 예루살렘과 온 유대와 사마리아와 땅 끝까지 이르러 내 증인이 되리라.

Act 1:8

But you will receive power when the Holy Spirit comes on you; and you will be my witness in Jerusalem, and in all Juda and Samaria, and to the ends of the earth.

　마태복음 28:19-20의 지상명령을 위하여 언어와 문화가 다른 민족에게 직접 찾아가서 복음을 전파하는 기독교인들을 선교사들(Missionaries) 또는 직접선교사들(Direct Missionaries)이라고 정의한다.

　그러나 여러 가지 사정으로 선교지에 직접 가지는 못하지만, '다른 형태의 수단과 방법'을 통하여 언어와 문화가 다른 민족에게 복음을 전파하는 기독교인들 모두를 간접선교사들(Indirect Missionaries)이라고 부른다.

　여기서 '다른 형태의 수단과 방법'은 다른 교통수단, Internet을 통한 모든 통신수단은 물론 교육, 의료제공 및 헌금(Donations/Offerings)으로 '직접선교사'들을 도와주는 것을 포함한 모든 활동들을 뜻한다.

인류를 위한 하나님의 계획과 마일스톤에 대한 증인

IGlobal University(IGU)는 "가장 혁신적이고 효과적이며 저렴한 교육을 통해 세상을 변화시킨다"는 '나를 위한 하나님의 계획'을 성취하기 위해 하나님께서 나에게 세우신 마일스톤 중 하나였고 지금까지 성공적으로 성장해 왔다.

나는 건강의 이유로 또 "땅끝까지 하나님을 증거하라는 하나님의 지상명령"을 간접선교 형식으로 따르겠다는 결심으로, 2020년에 IGU로부터 은퇴했다. 다행히 하나님의 인도로 교육에 경험이 많은 후계자를 IGU 총장으로 선택하여 주셨고 나의 IGU 창립이념이 그를 통해 계승되도록 인도하셨다(잠언 16:9). 나는 IGU가 세계를 변화시키기 위해 계속 성장하도록 후계자를 돕고 또 기도할 것이다. 따라서 '나를 위한 하나님의 계획'은 IGU의 후계자를 통하여 계속된다.

그러나 하나님은 '나를 위한 하나님의 계획'을 내가 깨달은 다음 또 그 계획을 하나님께서 세워주신 마일스톤들을 통해 성공적으로 이루었다는 사실을 한국어를 비롯하여 많은 다른 언어로 '인류를 위한 하나님의 계획(예레미야 29:11)'을 '땅끝까지 전파(Disseminate/Evangelize)하라(마태복음 28:18-20)'는 영감을 주셨다.

하나님은 나로 하여금 '나를 위한 하나님의 계획(예레미야 29:11)'을 스스로 깨닫게 하시고, 내가 그 계획을 완수하기 위해 하나님이 세우신 마일스톤들(Milestones)을 깨닫고 성취하도록 끝까지 나를 인도하셨다(잠언 16:9)는 사실을 전 세계 인류에게 증언하라고 명령하신다.

하나님은 우리 각 개인(Each and Every Human Being)을 위해 특정한 계획을 갖고 우리 각 개인을 창조하실 뿐만 아니라, 우리 각 개인을 위해 세워진 하나님의 계획을 우리 스스로 깨달은 다음 그것을 우리 자신의 Lifetime Vision으로 삼고 하나님이 세워주신 마일스톤들을 통하여 우리의 Vision 즉 우리를 위한 하나님의 계획을 완수할 때 영광을 받으신다(He glorifies Himself).

IGU가 성공적으로 성장하는 동안, 나의 삶이 다할 때까지 언어가 다른 '이방인'의 언어로 "하나님은 자기의 영광을 위하여 우리 각자에게 재앙이 아닌 번영과, 희망과 미래를 주기 위한 구체적이고 개별적인 계획으로 우리 개개인을 창조하셨다(예레미아 29:11)"는 나의 증언을 나의 자서전, 국내외 강의와 또 다른 간접선교 활동을 통하여 땅끝까지 계속 전파할 것이다.

간접선교로 복음전파(Evangelism)

9.3.1 워싱턴지구촌교회 출석

나는 육군사관학교를 다닐 때부터 교회와 성당을 가끔 다녔
지만, 내가 'Born-Again Christian'이 된 것은 미국에서 오랫
동안 교회에 출석한 후였다.

1981년 Saudi Arabia에서 근무할 때 홍해(Red Sea)를 지나다
니면서 성경 속의 기적들을 생각했었다. 그때 새삼 느낀 것이었
지만, 인류의 역사상에는 많은 기적들(miracles)이 있었고, 과학
으로 설명할 수 없는 기적들을 일으키는 초자연적인 사건들이
있었음을 깨달으면서 하나님은 기적을 만들 수 있다는 성경의
진리를 다시 깨달았다. 그때 예수그리스도가 '나의 주인이시며
구세주(My Lord and Savior)'라는 사실을 다시 믿고 귀국한 뒤 침례
를 받음으로써 내가 'Born-Again Christian'이 된 사실을, 나

자신과, 가족과 교회와 사회에 알렸다.

그러나 내가 30세가 되던 해 폐결핵을 앓으면서 또 군에서 전역한 후 직장 없이 생활할 때, 나는 성경을 통해 하나님이 우리 인류를 창조하셨다는 사실을 확인하고 '인류를 위한 하나님의 목적(Purpose) (이사야 43:7), 계획 (예레미아 29:11) 및 마일스톤들(Milestones) (잠언 16:9)'을 깨닫게 되었다.

아내와 나는 매 주일 Maryland Silver Spring에 있는 워싱턴지구촌교회(Global Mission Church (GMC) (www.gmcusa.org))에서 예배를 드린다. 나는 가끔 영어 예배(English Ministry)에 참석하기도 한다. 우리 두 아들들, Gene과 Edward가 어렸을 때에는 다같이 GMC에서 예배를 드렸고 예수 그리스도를 그들의 주와 구세주로 영접했다. 그들이 결혼한 후부터는 각각 자기지역 교회에 출석한다.

우리는 Covid-19 Pandemic 때문에 Online으로 예배드렸지만, 2021년 부활절부터는 교회당에 출석하여 예배를 드린다. 아직도 Online으로 예배드리는 교인들이 있지만, 곧 모든 교인들이 예배당에 나와서 함께 예배드릴 수 있기를 기원한다.

나는 젊었을 때 가끔 목회학을 전공하고 싶은 충동도 가졌고 또 전도사, 장로, 안수집사(Ordained Deacon)나 선교사로 사역하고도 싶었던 때가 있었다. 그러나 그 꿈은 곧 접게 되었다. ICT 사업이 국제적으로 번창하면서 시간적으로 바빴던 이유도 있었지만, 또 다른 큰 이유는, 내가 일상생활에서 100% 성경대로 살지 못함을 인정하면서 장로나 선교사의 직책을 갖는다면, 나는 '위선적인 기독교인(hypocritical Christian)'이 된다고 생각했기 때문이다.

나는 성공적인 기업가로 또한 평신도(Layman) 생활을 하면서 간접선교 활동을 열심히 하고 싶었다. 그래서 나는 평신도로 기독실업인회(Christian Business Men's Connection(CBMC))에 가입하여 열심히 활동하면서 간접선교를 하는 데 최선을 다하기로 결심했다. 훗날 교회에서 형제회장, 성가대장직에서 봉사하라는 추천이 있을 때에도 사양했고 사업에서 은퇴한 후에도 IGU 대학교를 통해 간접선교활동에 최선을 다했다.

나와 아내는 기도의 위력을 믿는다. 아내는 교회에서 중보기도사역에 종사해 왔다. 우리는 '쉬지 말고 기도하라(데살로니가전서 5:17)'는 하나님의 계명에 순종하면서 가족을 위해, 교회를 위해, 미국과 한국을 위해, 더 나아가 전세계를 위해 중보기도를 한다. 나는 데살로니가 전서 5:16, 17, 18을 좋아한다. 하나님의 자녀가 된 우리는 "항상 기뻐하고, 쉬지 말고 기도하며, 범사에 하나님께 감사한다."

지금같이 전 세계가 Covid-19 Pandemic으로 고난받을 때, 나는 이렇게 기도한다.

"전능하시고 자비로운 하나님, 사탄을 완전히 통제하시사 Covid-19를 하루 속히 이 세상에서 영원히 제거해 주시어 전 세계사람들이 더 평화롭고, 더 행복하고, 또 더 안전한 세상에서 살 수 있도록 인도해 주시기를 간절히 기원합니다. 또 이번 Pandemic을 통하여 위정자들을 포함한 모든 사람들이 회개하고, 하나님을 더 공경하며 예수님을 더 사랑하도록 우리 모두를 인도해 주시옵기 간절히 바라오며 '나는 길이요, 진리요 생명'(요한복음 14:6) 이라고 말씀하신, 살아계신 우리 주 예수님의 이름으로 기도합니다."

우리는 때때로 기도 대신에 찬송가로 콧노래로 부르기도 한다. 어떤 때는 YouTube를 통해 집안에서 또는 차를 운전하면서 듣기도 한다. 내가 늘 즐겨 부르는 찬송가는 '살아 계신 주(Because He Lives)'이다.

9.3.2 성지순례(Pilgrimage)

나는 아내와 같이 성지여행을 하기 위해 많은 나라들을 방문했다. 그중에서도 Egypt, Jordan, Israel, Greece, Italy, Spain, Portugal, France, Germany, Austria, Czech Republic, Hungary, France, Romania, Bulgaria 등의 여행들이 인상적이고 교육적인 동시에 우리 믿음생활에 직접 간접

으로 많은 영향을 주었다.

우리는 ICT 회사의 사업관계로, Harvard 대학교 동창회 참
석으로, 또 휴가차 다음과 같은 6개 대륙의 나라들을 방문했다.

Europe: England, Sweden, Russia, Norway, Iceland,
Switzerland, Monaco, Denmark & Greenland
(the world's largest island)

Asia: Korea, China, Mongolia, Vietnam, Kazakhstan,
Thailand, India, Malaysia, Singapore, Indonesia

Africa: Kenya, Tanzania

Australia: Australia, New Zealand

South America: Brazil, Chile, Argentina, Paraguay

North America: U.S.A., Canada, Mexico, Guatemala,
Costa Rica, Aruba, Jamaica, Puerto

Rico, U.S. & British Virgin Islands,
Bahamas, Bermuda

9.3.3 직접/간접선교사들과의 만남

나와 아내는 직접선교사로 선교지에는 나가지 않지만, 간접
선교를 통해 복음전파를 계속해 왔다. 우리들의 간접선교 방법
은 다양하고 국내외에서 직접선교사들과 간접선교인들을 만나
는 것을 포함한다.

인천 송도 방문

나는 2019년 9월 몽골에서 초청강의를 마치고 귀국하던 차,
인천국제공항을 거쳐 인천 송도에서 3일간 체류했다. 마침 서울
에서 Global Children Foundation 행사관계로 서울에 와 있던
아내가 합류했다.

나는 한국은 물론 아시아와 중동과 유럽에 여행할 때에도 항상 인천국제공항을 경유하여 간다. 그 이유는 내 전 회사 ICT가 인천국제공항 건설 주계약자였고 내가 10년 이상을 공항건설을 위해 한국에 살았었고 또 인천고등학교를 졸업했던 관계로 인천과 인천공항은 항상 내 고향과도 같이 느껴졌기 때문이다.

명륜중앙교회의 이영근 장로/장복실 장로

송도에서 오랜 친구이자 믿음의 동역자이신 이영근 장로님 부부를 만나는 것이 송도에 머물게 된 큰 이유 중의 하나였다. 이영근 장로님은 서울 명륜동에 위치한 명륜중앙교회에 출석한다. 나는 인천공항 건설 당시 한국에 있으면서 명륜중앙교회를 방문하여 이영근 장로님 부부와 예배를 같이 드렸다. 또한 이영근 박사는 New Jersey Rutgers University에 연수할 때 자주 만나기도 했었다.

나와 이영근 장로님의 또 하나의 공통점은 30대가 되어서 처음으로 '성령 세례/침례를' 받았다는 것이다. 또한 나는 신앙은 삶으로 보이는 것 삶의 우선순위에 '하나님의 일', "열정으로 이 시대 젊은 이들에게 희망 주고파"라는 이영근 장로의 신앙간증을 좋아한다. 어쩌면 '나를 위한 하나님의 계획' 즉 교육을 통하여 세상을 변화시킨다는 내 Lifetime Vision과도 상통한다고 믿는다.

이영근 박사는 인천공항 부사장으로 근무한 후, 2015년 8월부터 2017년 7월까지 인천경제자유구역 청장직을 역임하면서 인천은 물론 인천국제공항 건설 등 한국의 최첨단 발전을 위해 공헌한 공직자이시다.

명륜중앙장로교회 시온찬양대에서 봉사하시는 장복실 장로님은 인천 송도에서 치과 병원을 경영하시기 때문에 우리는 그분의 치과 병원도 방문할 수 있었다.

Lifespring Church의 James Byun 목사

또한 우리는 인천송도에 머무는 동안 Lifespring Church (www.lifespringkorea.org)를 방문할 수 있었다. Lifespring Church는 Rev. James Byun이 설립한 교회이다. 나는 James Byun 목사님이 워싱턴 지구촌교회에서 English Ministry 사역할 때 함께 예배드렸다. 송도에 Lifespring 교회를 세운 후 Email과 Messenger로 자주 소식은 들었지만 직접 방문한 것은 이번이 처음이라 무척 반가웠다.

우리는 일요일에 교회를 방문했고 주일예배에도 참석했다. James Byun 목사님이 영어로 설교하고 사모님은 유창한 한국어로 통역을 했기 때문에 영어를 잘 모르는 성도들도 사모님 통역에 잘 경청하고 있었다.

또한 이동원 목사님께서 교회를 방문하여 설교했던 사진들이 있었고 워싱턴지구촌 교회 출신 성도도 만날 수 있어 반가웠다.

신(이)경림 부총장/목사와 이승우 목사

신(이)경림(Kyunglim Shin Lee) 목사님은 워싱턴 웨슬리신학대학교(Wesley Theological Seminary) 부총장이시며 Maryland Rockville에 있는 워싱턴 연합 감리교회에 소속목사님으로 이승우 목사님과 함께 사역한다. 나는 웨슬리신학대학교 졸업식 및 중요 행사에 자주 참석하였고, 워싱턴 감리교회도 여러 번 참석하여 예배드렸다.

신(이)경림 부총장님은 미국은 물론 중남미, 아시아, 아프리카의 수십 개국의 신학교육과 목회자 양성에 헌신하고 있다. 이를 통해 수많은 현지인 교단장들과 신학교수들을 양성하였고, 현지인 목회자 교육을 통하여 이단을 막고, 올바른 복음 전파에 최선을 다하는 교육자이시며 목회자이시다. 신(이)부총장님은 한국의 감리교신학대학교, 미국의 개렛신학대학교, 그리고 웨슬리신학대학교를 각각 졸업했고, 웨슬리신학대학교에서는 목회학 박사(Doctor of Ministry) 학위를 받았다.

중국 연변 선교사 방문

우리는 직접 외국에 나가서 선교생활을 하지는 않았지만, 선교지에 나가 있는 선교사들을 기도와 헌금, 즉 간접적인 선교방법으로 지원해 왔고 또 선교사들을 국내와 해외에서 직접 만나기도 했다.

우리는 2004년 사업에서 은퇴한 후 중국 연변과학기술대학교를 방문하여 워싱턴에서 파송된 이상훈 선교사님을 비롯하여 다른 많은 선교사들을 만났다. 연변과기대는 미국에 살던 한국계 기독교인이 중국 연변에서 창설한 대학교이지만, 학생들과 학교 직원들은 조선족 중국인들이었다.

나는 강사로 초빙되어 연변과기대 학생들에게 내가 어떻게 아메리칸 드림을 성취할 수 있었는가 또 어떻게 인천국제공항 건설 계약을 수주받을 수 있었는가를 설명해 주었다. 아울러 그들에게 가능하면 속히 Lifetime Vision을 실현성 있는 마일스톤들과 함께 세우고 또 성취하기 위해 최선을 다하라고 도전을 주기도 했다.

강한성/우슬초 선교사

아내와 나는 워싱턴지구촌교회에서 파송된 강한성/우슬초 선교사님들을 자주 뵙는다. 특히 요즈음은 Zoom Meeting을 통해서…. 강한성 목사님은 워싱턴지구촌교회에서 부목사로 오랫동안 사역하면서 나와 아내가 속한 '푸른 목장(Cell)'을 위해 직접 간접으로 도우셨다. 또 선교사님들은 자녀 교육에 대해 관심을 가지고 내가 설립한 IGlobal University(IGU)를 방문하기도 했다.

강한성/우슬초 선교사

Kazakhstan의 김진남 선교사

2018년 Kazakhstan에 갔을 때 Almaty라는 큰 도시에 갔었다. Almaty는 오랫동안 Kazakhstan에서 살아온 조선족 한인과 남한에서 사업 또는 관광차 오는 한인들이 많은 도시다.

Kazakhstan Almaty에 체류하는 동안 한국에서 파송된 김 진남 선교사 한 분의 안내로 주로 '위구르 족'으로 구성된 '무하 밧 교회'를 방문했다.

다음 사진들은 선교사님의 가족과 무하밧 교회 교인들의 교 회 활동을 소개해 주고 있다.

세계선교침례교회의 고상환 목사

San Jose에 있는 세계선교침례교회(World Mission Baptist Church)(www.wmission.org) 담임목사님이시며, Gateway와 Southwestern Baptist Theological Seminary의 초빙교수 (Adjunct Faculty)이신 고상환 목사님은 가까운 내 Facebook 친구이다. 나는 Facebook을 통해 1주일에 적어도 한 번씩 목사님의 동정과 교회소식을 알 수 있었다.

나는 세계선교침례교회의 Mission Statement를 좋아한다. "세계선교침례교회는 예수 그리스도의 구원의 복음을 세계의 땅끝까지 전파하라는 말씀을 실천하는 교회입니다. 참 생명이며 구원자 되시는 예수님을 세계 만방에 선포하는 사명을 함께 하시기를 소원합니다."

고상환 목사님은 워싱턴지구촌교회 부목사로 사역하다가 2009년 세계선교침례교회에 담임목사님으로 취임했다. 고 목사님은 2019년 산호세 교협 회장에 취임했으며 산호세 교협 총회를 같은 해 10월 1일 세계선교침례교회에서 개최했다.

고상환 목사님은 내가 인천국제공항을 건설한 사실뿐만 아니라, 2008년에 IGlobal University를 창립한 것을 잘 알기 때문에 2021년 3월 다음과 같은 서신을 나에게 보내왔었다.

손영환 집사님 (Dr. David Sohn)

주님의 평강이 학교와 가정에
넘치길 기도합니다.
손목자 집사님과 함께 많이 그립습니다.
모두 건강하신지요

코로나19 가운데서도 저와 저의 교회 모두 평강 가운데 잘 지내고 있습니다. 저희 교회 협력선교사님이신 Seed선교회 파송으로 과테말라에서 사역하시는 장XX 선교사님이 계십니다. 장 선교사님께서 공과대

학 설립에 대한 문의를 해 주셨는데 저희 교회 가족들은 대부분 엔지니어로 대학교 설립에 조언을 줄 수 있는 분이 없어 인천공항 건설을 총지휘하시고 여호수아와 갈렙처럼 젊은 꿈으로 IGlobal University를 개교하셔서 훌륭하게 사역하시는 손 집사님께서 아래 메일을 보시고 혹 도움을 드릴 수 있으시면 이메일을 연결해 드리려고 하오니 워싱턴지구촌교회의 정(?)을 생각하여 살펴주세요. ㅎㅎ

"다름이 아니오라 제가 선교편지에 Mention 했듯이 4차 산업혁명하에 생기어나는 직업에 종사할 수 있는 사람을 생산하는 공과대학을 세우고자 하는 맘이 있습니다.

그런 일에 목사님이 계신 Silicon Valley에서 일하시는 분들에게 대학을 세우는데 조언을 들을 수 있는 길을 열어 주셨으면 하고 부탁드리고자 합니다.

물론 이 단과대학은 선교지에서 발생하는 대학교이고, 시설이나 교수진을 현지식으로 단순하게 진행될 것입니다. 현지의 교육기반이 미약합니다. 여기서는 대학을 졸업하면 대학교에서도 가르치는 형편인 것 같습니다. 그리고 고등학교를 졸업하면 선생님 자격증을 얻게 됩니다. 뒤떨어진 현지의 교육 환경에서 전에 미국의 선교사들이 세운 학교에서 배운 한국의 젊은이들이 신교육을 받았듯이 이곳 뒤쳐있는 과테말라에 장래를 세우는 데 도움이 될만한 대학을 설립하는 데 조언을 부탁드립니다."

과테말라의 장홍호 선교사

San Jose에 있는 세계선교침례교회 담임목사이신 고상환 목사님의 소개로 과테말라에서 사역하시는 장홍호 선교사님을 알게 되었다. 그분이 대학교 설립을 계획하고 있다는 소식을 듣고 우선 나는 내 자서전, 『Divine Milestones』에서 IGlobal University 설립 목적, 등록, Program, 운영방침 등 모든 설립 절차를 자세히 설명했기 때문에 먼저 내 책을 우송해 주기로 결정하고 서명한 책 2권을 고 목사님께 보냈다.

다음은 Guatemala의 장흥호 선교사로부터 온 서신이다.

고상환 목사님으로부터 연락을 받고 손 박사님께 인사를 드립니다.

저는 2002년 중미의 온두라스의 학교설립 참여에 부름을 받고 그곳에 첫 번째 학교를 설립하는 일에 참가를 했고 이어서 2003년부터는 과테말라의 소도시에 학교 설립을 하고 돌보았습니다. 이어서 2008년부터 지금까지 과테말라의 한 도시에서 유치원으로부터 시삭 매년 한 학년씩 추가하며 초등학교에 이어, 중학교까지 운영하고 있습니다. 그리고 2022년에는 고등학교 이어서 2024년에는 공과대학을 열어 후진국인 과테말라 장래를 위해 실력 있고 섬기는 지도자들을 배출하고자 일하고 있습니다.

앞으로 지도 편달을 부탁드립니다.

고 목사님을 통해 손 박사님을 만나게 돼 하나님께 감사를 드립니다.

감사드리며…. 주님의 평강이 함께하시길….

과테말라에서 장흥호 선교사 드림

교육선교 동역자들에게

일찍이 미국을 위시한 서양선교사들이 한국의 암흑기에 새로운 교육 방법을 통해 그 이후 세대에 꼭 필요한 많은 일꾼들을 한국에 배출했던 것을 우리는 잘 알고 있습니다.
마찬가지로 준비된 지도자가 부족하여 온 국민들이 부정부패, 마약 등, 각가지 부조리 속에 어렵게 사는 Latin America를 새롭게 변화시키는 신시대를 키워 보자는 마음으로 교육선교 사역에 종사하도록 하나님은 나를 인도하셨습니다.

2002년 하나님이 기회를 나에게 허락하시어 온두라스 Progreso란 소도시에 학교를 시작하는 사역에 참가하게 되었습니다. 나는 유치원부터 양질의 교육으로 학생들을 끌고 올라가서 온두라스 사회의 장래가 그들이 받은 교육을 통해 변화토록 기도하며 사역에 임했습니다.

2003년부터 나는 같은 비전으로 과테말라 Chisec이란 소도시에 선교센터를 세우고 이어서 학교를 설립한 결과 지금은 그 지역에 큰 영향을 미치는 고등학교 및 선교센터가 되었음을 감사드립니다.

또한 2008년부터는 하나님의 인도를 받아 좀 더 큰 도시 Chimaltenango 에서 사역이 시작되었습니다. 그리고 지금까지 장래의 그 지역에 앞으로 선한 영향력을 미칠 수 있는 젊은이들을 교육하고 있습니다. 어린 유치원부터 시작 매년 한 학년 끌고 올라가 내년 2022에는 고등학교를 시작하기 위해 지금은 학생모집을 하고 있습니다.

약 5년 전부터는 Technology(21st Century Education)를 교육에 적극 활용하여 더 효과적인 교육을 할 수 있게 되었습니다.
새 교육 방법을 통해 더욱 준비되어진 지도자 양성에 힘쓰고 있습니다.

2024년 내지 2025년에는 4차산업혁명에서 생기어나는 일에 적응할 수 있는 Technology Careers중심의 대학을 세우기 위해 준비 중에 있습니다.

나는 믿음의 동역자들에게 대학설립 계획을 알리며 그들에게 앞으로 "주님이 인도하시는 교육사역 (특별히 대학 설립을 위해) 함께 힘을 모을 동역자들을 만날 수 있도록"기도 요청을 해 왔습니다. 적은 규모의 대학이라도 대학설립은 나의 능력을 넘어야 하는 일이라서….
그러던 중 San Jose 세계선교침례교회 담임목사이신 고상환 목사님의 소개로 미국에서 IGlobal University를 설립하신 David Sohn 박사님과 연락이 닿게 되었습니다.

Dr. Sohn의 경험이 큰 도움이 될 것이라 믿어지고 또한 기대가 됩니다.
뵈올 날을 기대하며….
감사드리며….

Guatemala에서
장홍호 (George H. Chang) 선교사

아래 사진들은 최근에, 장 선교사님이 사역하는 선교센터에서 드리는 예배모습과 교사강습회 모습이다.

최근에 있었던 중학교 졸업식 광경

나는 Covid-19 Pandemic이 끝나는 대로, 과테말라에 계신 장흥호 선교사님을 직접 방문한 후 장 선교사님이 그곳에서 대학교를 성공리에 설립할 수 있도록 내가 도울 수 있는 모든 방법을 모색하려고 한다. 내가 미국에서 IGlobal University를 세울 때에 얻은 경험과 지식을 참고하면서….

역시, 목적(Purpose), 계획(Plan)과 마일스톤들(Milestones)을 하나님의 인도(잠언16:9)하에 세워야 한다고 믿는다.

불우한 학생들 중에서 학업성적이 우수하고 Leadership Skill이 많은 학생들에게 장학금도 수여할 수 있도록 기원한다.

김성용/조영희 선교사

내가 만난 또 다른 선교사들은 현재 Virginia에 살고 있는 김성용 장로님(Elder Samuel Kim)과 조영희 권사님이다. 이분들은 미국 시카고에 살면서 중국의 소수민족을 향한 마음의 부담을 가지고 중국에 가서 여러 해 선교생활을 했다. 귀국한 후에『시니어 선교이야기』저서를 발간했고 국내외 선교를 위해 힘을 다하기를 소망하는 김장로 부부로부터 많은 선교의 도전을 받는다.

미주 한인교인들이 Amazon 강 밀림 정상에 원주민 인디오들과 함께 예배당을 건축하는 모습

황필남/김말례 몽골 선교사

나는 네 차례에 걸쳐 몽골을 방문했다. 첫 번 방문했을 때 황필남/김말례 선교사님들을 만났었다. 2003년에는 Arlington Virginia에 Washington Mongolian Church를 세우고 주변에 사는 많은 몽골인들에게 복음을 전해 왔다. 나는 몽골에서 온 IGU 대학생들을 데리고 예배에 참석했었다.

2019년 2월 IGU가 Sponsor한 몽골 신년 축하 Reception에 참석했었다.

홍명순 집사

홍명순(Sarah Hong) 집사님은 워싱턴지구촌교회 '은혜평강마을'의 마을 장으로 마을성도들의 영적 훈련과 Christian Fellowship 증진을 위해 동분서주한다. 또 홍 집사님은 지난 20년이 넘게 거의 매년 남미, 아시아, 유럽 등 세계 각국으로 단기선교를 하고 있다.

9년 전 은퇴하기 전까지는 Maryland Bethesda에 위치한 National Institutes of Health(NIH)에서 Research Biologist 로서 20여 년간 성실히 일했으며 많은 논문도 발표했다. 은퇴 후에는 Kona-Hawaii YWAM에서 선교 훈련을 받고 현재는 Midwest University의 ESOL Professor로 외국학생들에게 영어를 가르치면서 '간접선교활동'을 통한 복음 전파에 최선을 다하고 있다.

필그림하우스의 이동원 목사

2018년 9월에는 한국 내 성지 순례지라고 불리는 경기도 가평의 '필그림 하우스(Pilgrim House)'를 방문했다.

지구촌교회 이동원 원로목사님은 지구촌교회를 조기에 은퇴하시고 한국교회의 목회지도자, 평신도자 지도자를 양성하기 위하여 경기도 가평에 필그림하우스(Pilgrim House)를 설립했다.

(Source: https://pilgrimhouse4u.blogspot.com/2019/03/pilgrim-seminar.html)

　나는 이동원 목사님이 워싱턴지구촌교회 담임목사로 계실 때부터 개인적으로 존경해 왔기 때문에 필그림하우스를 방문하고 세미나도 참석하고 싶던 중 2019년 9월에 한국지구촌교회 박희서 장로 부부와 같이 방문하여 이 목사님의 안내로 천로역정을 비롯한 모든 시설과 각종 세미나에 대해 자세한 설명을 들었다.

9.3.4 자서전의 번역 및 전파

나는 2016년 IGU 대학교에 학생을 유치하고 간접선교활동을 위한 수단으로 영문 자서전 『Divine Milestones with a subtitle: A Global Vision Beyond The American Dream』을 발간했다. 내 자서전에서 하나님이 나를 창조한 목적, 계획과 마일스톤들을 성경적으로 진술하면서 하나님께서 나로 하여금 아메리칸 드림을 한국에서 꿈꾸게 하셨고 미국에서 그 꿈을 성취하도록 인도하셨다고 증언했다.

Amazon.com과 다른 Media를 통하여 세계 많은 나라에서 내 자서전의 subtitle에 관심을 표하면서 아메리칸 드림을 성취한 과정에 대하여 강의해 달라는 요청을 받았다. India, Mongol, Kazakhstan, Vietnam, Jordan, Israel 국가에 여행하면서 내 자서전과 IGU에 대해 강의했었다. Covid-19 Pandemic으로 2020년부터는 여행을 못했다.

내 영문 자서전은 몽골어로 번역이 되었지만, 앞으로 이 한글판, 『내 인생의 비전과 마일스톤』이 원본이 되어 영어, 몽골, Kazakhstan, Russian, Vietnam, Spanish로 번역하여 내가 어떻게 아메리칸 드림을 성취했는가를 하나님의 증인으로 전파하려 한다.

9.3.5 자서전을 경영학 및 기독교학과 교재로 사용

내가 경영학 박사(Doctor of Management in Organizational Organization)이고 또 내 자서전이 목적, 계획 및 마일스톤 등 경영학 원리를 바탕으로 쓰였기 때문에 경영학 교재 또는 부교재로 사용하려는 대학이 있다. 특히 내 자서전은 우주와 인류를 위한 하나님의 계획과 마일스톤을 통해 기독교인들이 관심을 가질 수 있기 때문에 Christian Leadership and Management 학과의 교재로 쓰는 것을 권고하고 싶다.

9.3.6 초청강의를 통해 국내 및 국외 간접선교 활동

나는 Covid-19 Pandemic이 끝나고 또 내 건강이 허락하는 대로 많은 나라, 특히 Africa에 있는 가난한 나라를 방문하면서 내 자서전을 토대로 강의하려고 한다.

9.3.7 비영리 자선단체 'Sohn Foundation'을 통한 간접선교

나와 아내는 사립 비영리 자선단체를 창립하여 경제적으로, 신체적으로 또는 사회적으로 불우한 어린이들을 도와 그들이 자라서 세계지도자가 되도록 직접, 간접으로 도와주려고 한다. 이를 위해 미국 Maryland 주와 IRS로부터 세금 공제 혜택을 받는 501(c)(3) 등록절차를 받고 있다.

미국법이 허용하는 한, 혜택을 받는 어린이들은 본인들이나 그들의 부모가 교회에 출석해야 한다는 제한을 두려고 한다.

9.3.8 교회에 다니는 학생들에게 Leadership 장학금 수여

교회에 장학금을 위탁하되 수혜자 학생의 범위를 목회학 전공학생으로 제한하지 않고 사회 지도자가 되기 위한 일반대학 지망학생에게도 지불하게 한다.

제 10 장

맺는 말

'나를 위한 하나님의 계획'이
나의 Lifetime Vision

나는 30세가 될 때까지 왜 내가 이 세상에 태어났는지 내 인생의 비전이 무엇인지 몰랐다. 그러다 유명한 의사가 되겠다는 꿈을 갖고 연세대학교에 입학하고 싶었지만, 경제적인 문제로 육군사관학교에 입학하였던 것이 하나님께서 '나를 위한 하나님의 계획'을 성취토록 하기 위해서 미리 세우신 마일스톤들의 하나였다는 사실을 30세가 되면서 깨달았다.

30세가 되던 1968년 내 자신의 과거를 돌이켜 보면서 다음과 같은 사실들을 발견하였다.

초, 중, 고등학교를 우수한 성적으로 졸업했다는 사실
장래 의사가 되고 싶었지만, 경제적인 이유로 연세대학교에 입학할 수 없었다는 사실
폐결핵으로 당분간이었지만, 고생했다는 사실

그 결과 군에서 전역했다는 사실

전역 후에 생계를 유지할 만한 일터가 없었다는 사실

언론기자로 일하면서 당시 한국사회의 부정부패와 결탁할 수 없어 기자생활을 포기해야만 했다는 사실

그 결과 부정부패를 척결하는 최선의 방법은 한국 국회의원의 힘으로 해결할 수 있는 것이 아니고 가장 혁신적이고 효율적인 범국민교육으로만 해결할 수 있다는 결론을 내렸다는 사실

위에 열거한 사실들은 다 부정적이지만, 내가 '한국의 부정부패를 척결할 수 있는 유일한 방법은 가장 혁신적이고 효율적인 교육으로만 가능하다'는 결론을 내릴 수 있었던 것은 하나님께서 나를 위해 계획한 마일스톤들이 있었기에 가능했다.

예를 들어 내가 연세대학교에 입학을 했어도 결국 경제적인 이유로 의과대학을 졸업할 수 없었을 것이고, 또 내가 폐결핵을 앓지 않았으면 김목자 약사를 만날 수도 없었을뿐더러 결혼할 수도 없었다.

이렇게 생각하면서 내가 교육을 통해서 한국사회의 부정부패를 척결하는 것이 하나님이 나를 위해 세운 계획이라고 믿었다

(예레미야 29:11). 동시에 이 하나님의 계획을 나의 비전으로 삼고 다음과 같은 Vision Statement를 만들었다.

"'God's Plan For Me' (David Sohn) is to help me transform the Korean Society and the world by providing the most innovative, effective and affordable education to the people around the world, especially those who are underprivileged financially, physically or socially, through the on-campus and online modalities."

'나를 위한 하나님의 계획'을 성취하기 위해 하나님께서 세우신 10개의 마일스톤들

하나님이 내가 '나를 위한 하나님의 계획'을 성취토록 하기 위하여 세우신 10개의 마일스톤들은 다음과 같다.

마일스톤 1 하나님은 자신의 형상대로 나를 창조하셨다(창세기 1:27)

마일스톤 2 학문적 우월성을 성취하도록 인도하신 하나님

마일스톤 3 육군사관학교를 선택하도록 인도하신 하나님

마일스톤 4 미국육군통신학교에서 공부하도록 인도하신 하나님

마일스톤 5 아메리칸 드림을 이룩한 미국인들을 목격하게 하

신 하나님

마일스톤 6 그분의 자녀로 입양하기 위해 김목자와 결혼하게
하신 하나님

마일스톤 7 한국에서 아메리칸 드림을 꾸도록 나를 인도하신
하나님

마일스톤 8 하나님께서 내가 미국에서 아메리칸 드림을 성취
하기 위해 필요한 교육 지도력 및 경험을 획득하
도록 인도하신 하나님

마일스톤 9 내가 미국에서 아메리칸 드림을 성취하도록 인도
하신 하나님

마일스톤 10 '나를 위한 하나님의 계획'으로 세워진 나의
Lifetime Vision을 성취하도록 인도하신 하나님

나를 위한 하나님의 목적, 계획과 마일스톤들을 성취하도록 인도하신 하나님의 말씀들

나를 위한 하나님의 창조 목적, 계획과 하나님이 세우신 10개의 마일스톤들을 발견하는 데 도움이 된 성경 구절들(여기에 국한된 것은 아니지만):

1. **창세기 1:27**

   "하나님이 자기 형상 곧 하나님의 형상대로 사람을 창조하시되 남자와 여자를 창조하시고"

2. **이사야 43:7**

   "내 이름으로 불려지는 모든 자 곧 내가 내 영광을 위하여 창조한 자를 오게 하라 그를 내가 지었고 그를 내가 만들었느니라"

3. 예레미야 29:11

"너희를 향한 나의 생각을 내가 아나니 평안이요 재앙이 아니니라 너희에게 미래와 희망을 주는 것이니라"

4. 잠언 16:9

"사람이 마음으로 자기의 길을 계획할지라도 그 걸음을 인 도하시는 이는 여호와시니라"

5. 에베소서 1:5

"그 기쁘신 뜻대로 우리를 예정하사 예수 그리스도로 말미 암아 자기의 아들들이 되게 하셨으니"

6. 복음 3:16

"하나님이 세상을 이처럼 사랑하사 독생자를 주셨으니 이는 그를 믿는 자마다 멸망하지 않고 영생을 얻게 하려 하심이니라"

7. 요한계시록 3:20

"볼지어다 내가 문 밖에 서서 두드리노니 누구든지 내 음성을 듣고 문을 열면 내가 그에게로 들어가 그와 더불어 먹고 그는 나와 더불어 먹으리라"

8. 마태복음 28:19-20

"그러므로 너희는 가서 모든 족속을 제자로 삼아 아버지와 아들과 성령의 이름으로 세례를 베풀고 내가 너희에게 분부한 모든 것을 가르쳐 지키게 하라"

9. 사도행전 1:8

"오직 성령이 너희에게 임하시면 너희가 권능을 받고 예루살렘과 온 유대와 사마리아와 땅 끝까지 이르러 내 증인이 되리라 하시니라"

10. 잠언 16:3

"너의 행사를 여호와께 맡기라. 그리하면 네가 경영하는 것이 이루어지리라"

11. 빌립보서 4:13

"내게 능력 주는 자 안에서 내가 모든 것을 할 수 있느니라"

12. 시편 23편

1 여호와는 나의 목자시니 내게 부족함이 없으리로다

2 그가 나를 푸른 풀밭에 누이시며 쉴 만한 물가로 인도하
시는도다

3 내 영혼을 소생시키시고 자기 이름을 위하여 의의 길로
인도하시는도다

13. 데살로니가 5:16-18

"항상 기뻐하라 쉬지 말고 기도하라 범사에 감사하라 이는
그리스도 예수 안에서 너희를 향하신 하나님의 뜻이니라"

요약 및 결론(Summary and Conclusion)

1939년에 하나님은 자신의 영광(Glory)을 위하여(이사야 43:7) 나를 하나님의 형상대로 창조하셨다(Purpose) (창세기 1:27).

1968년에 하나님은 '나를 위한 하나님의 계획'(Plan)(예레미아 29:11)을 내 인생의 비전으로 세우도록 인도하셨다(잠언 16:9).

1968년에 하나님은 내 인생의 비전을 성취하기 위한 10개의 마일스톤들을 세우도록 인도하셨다.

1968년부터 2020년까지 나는 하나님의 인도(잠언 16:9)로 10개의 마일스톤들을 성취했다.

1990년부터 2002년까지 내가 아메리칸 드림을 성취하는 과정에서 하나님은 인천국제공항건설을 성공적으로 완성할 수 있도록 나를 인도하셨다.

2008년부터 내가 마일스톤 10을 성취하는 과정에서 하나님은 내가 한국 대신 미국에서 대학교를 설립하게 하심으로써 세상을 변화시키는 데 초점을 두셨다.

2020년에 '나를 위한 하나님의 계획'이 완성됨으로써 나는 하나님께 영광을 돌렸다고 믿었다. 그러나, 하나님은 "아직은 아니다!(Not yet!)"이라고 말씀하시면서 "땅끝까지 내 증인이 되라!"고 명령하신다.

즉,

손영환 (Dr. David Sohn)

하나님은 내가 살아 있는 동안 나의 간증과 간접선교 활동을 통하여 모든 이방인들로 하여금 "하나님은 그들 각 개인을 위한 계획(Plan)(예레미아 29:11)과 마일스톤들(Milestones) (잠언 16:9)을 세웠다"는 것을 스스로 깨닫게 하라고 명령하신다 (마태복음 28:19-20).

Potomac, Maryland, U.S.A.

에필로그

  나는 2016년 3월에 영문 자서전 『Divine Milestones』를 출판했다. IGlobal University(IGU)를 창립한 후 8년 되던 해이라 대학교 운영에 바빴던 때였다. 자서전을 잘 쓰기 위해서는 많은 시간과 노력이 필요하다는 사실을 잘 알고 있었지만, 다음 세 가지 이유 때문에 서둘러서 출간해야만 했다.

  첫째, IGU의 학생유치를 위하여, 둘째, 미국에서 출생한 두 아들과 네 손주들에게 나와 아내의 Lifetime Story를 정확히 또 상세히 알리기 위하여, 셋째, 많은 학생들이 내 책을 읽고 하나님을 알게 하는 간접선교의 도구로 쓰기 위하여 자서전을 서둘러서 발간했다.

그 결과 2020년까지 세계 50여 개 국가로부터 많은 학생들이 IGU에 입학하여 졸업했고 또 나의 아들들은 물론 손주들까지도 내 자서전을 몇 차례씩 읽었다. 또한 내가 IGU의 총장이기 때문에 많은 Facebook친구들, 특히 외국학생들이 내 자서전을 Amazon.com을 통해 읽었다고 하면서 장학금을 요구해 왔었다. 나는 가끔 Facebook Messenger를 통해 내 책의 내용, 특히 하나님에 대한 질문을 하면서 그들이 책을 읽었는지 또 기독교인지 아닌지 간접적으로 시험하기도 했다. 이런 면에서 자서전을 서둘러 발간한 세 가지 목적을 다 달성했다고 생각한다.

몽골에서는 내 영문 자서전을 몽골어로 번역한 후 미국에 유학 오고 싶어 하는 학생들에게 배부하기도 했다. 나는 과거 4년 동안 내 자서전이 간접선교용으로 매우 효과적으로 사용되었기 때문에 이번 한글판 자서전을 출판하기로 결정했다. 앞으로는 한글판을 다른 언어, 우선 영어, 몽골어, 카자흐스탄어, 러시아어로 번역하기 위해 계약을 추진하고 있다.

영문 자서전을 출판하면서, 또 한 가지 깨달았던 것은 주 제목(Main Title)도 중요하지만, 부제목(Subtitle)도 매우 중요하다는 것이다. 여러가지 부제목들을 생각했었지만, "A Global Vision Beyond The American Dream"이란 Subtitle을 택했다.

그 이유는 내가 아메리칸 드림을 성취한 후에도 나는 미국인들은 물론 전 세계 사람들에게 고등교육을 제공하고 싶다는 Global Vision을 가지고 IGlobal University를 세웠다는 점을 고려했기 때문이다.

이 Subtitle 때문에 세계 많은 학생들이 나처럼 아메리칸 드림을 꿈꾸고 또 성취하고 싶어 한다는 사실을 많은 강의 요청을 받고 발견했다. 어떤 나라 대학교에서는 Subtitle을 중심으로 강의를 해 달라고 특별히 요청하면서 아메리칸 드림과 인천공항 건설에 대해 자세한 설명을 듣고 싶어 했다.

나는 2019년까지 4년 간 인도, 몽골, Vietnam, Kazakhstan, Jordan, Israel을 여행하면서 5,000여 명의 대학생과 고등학생들에게 내 책을 중심으로 "내가 어떻게 아메리칸 드림을 성취했는가?" 또 "내 회사가 어떻게 인천공항 건설의 주계약자가 되었는가?"를 설명하면서 강의했다. 아울러 '우리 인간을 위한 하나님의 계획'(예레미야 29:11)을 설명하면서 그들이 하나님의 계획을 스스로 깨닫고 평생 비전을 세운 다음 마일스톤을 통하여 최선을 다할 때, 하나님은 그들의 비전을 성취하도록 인도하신다(잠언 16:9)고 설명했다.

나는 2020년 10월에 IGU로부터 은퇴했다. 나는 앞으로 내가 살아 있는 동안, 한글판 자서전을 다른 여러 나라 언어로 번역하고 또 Pandemic이 끝나는 대로 외국에 가서 강의를 하고 싶다.

이런 동기로 영문 자서전을 한글로 번역하는 작업이 필요했고 또 출판을 한국에서 하기 위하여 '행복에너지 출판사'와 계약을 맺었다. 한글 번역은 지구촌교회 홍명순 집사님께서 잘 끝냈지만, 나는 Proof Reading 과정에서 지난 6년 동안 너무 많은 내용들이 바뀌어진 사실을 발견하고 변경된 내용들과 관련된 사진들을 추가했다.

나는 한국을 떠난 지가 너무 오래된 까닭에 한국 고유의 최근 문화와 정서에 서툴러 영어를 한글로 번역하는 과정에서 많은 노력과 시간을 경주했다.

Subtitle은 원래 "아메리칸 드림에서 인천국제공항 건설까지"로 했었다. 내가 내 인생의 비전을 아메리칸 드림을 통해 성취했다는 사실을 독자들에게 암시해 주고, 또 내가 세운 ICT 회사가 인천공항 건설의 주계약회사로 활약했다는 사실을 통해 내가 조국을 위해 다소나마 공헌했다는 것을 간접적으로 알리고 싶었기 때문이다.

특히 인천공항은 여러 면에서 세계적으로 가장 우수한 국제 공항으로 알려져 있다는 사실은 우리 모두의 자랑이라는 사실을 알리고 싶기도 했다.

그러나 최종 Subtitle은 영어 자서전 Subtitle의 취지를 살려 "글로벌 교육을 위한 아메리칸 드림의 성취"로 바꾸었다.

나의 비전은, "가장 혁신적이고, 효율적이고 저렴한 교육을 전 세계사람들, 특히 경제적으로, 신체적으로, 사회적으로 불우한(underprivileged) 학생들에게 제공함으로써 한국과 세계를 변화 시킨다"는 것이었기 때문에 IGU는 한국이 아닌 미국에서 세운 사실을 지적하는 독자도 있었다. 그때 나는 IGU가 한국 학생들을 포함한 전 세계학생들에게 교육을 제공해 왔다고 변명처럼 말하고 아울러 내가 인천공항 건설을 통해 한국을 위해 일한 사실을 강조하기도 했다.

1968년대 한국 사회는 부정 부패로 가득 차 있었고, 이는 일개 지도자나 정치가가 해결할 수 없고, 장기간의 국민 교육을 통해서만 척결할 수 있다고 믿고 난 다음, 나는 나의 평생 비전

(Lifetime Vision)을 세웠다. 특히 내가 경제적으로 불우했기 때문에 일반대학에 가지 못하고 육군사관학교에 입학한 사실을 기억하면서, IGU는 "(1)경제적으로, (2)신체적으로, (3) 또 사회적으로 불우한 학생들"에게 많은 장학금을 부여해 왔다.

Tunisia에서 온 맹인 학생(blind student)에게 전액 장학금을 제공하여 우수한 성적으로 MBA 학위를 받게 한 사실이 내가 내 비전을 완전하게 성취했다는 간증이기도 하다. 이 Tunisia 학생은 IGU의 MBA Degree를 받고 졸업한 후, 본국에 돌아간뒤 대학에서 경영학 박사 학위를 받았고 현재는 Online College Dean으로 일하고 있다고 나에게 항상 감사의 편지를 전해 오고 있다.

내가 앞으로 얼마나 오래 살지는 모르지만, 많은 사람들이 내 책을 읽고 '그들 자신을 위한 하나님의 계획'을 깨닫고 마일스톤을 통하여 그들의 비전을 성취하기를 기원한다.

영문판 자서전에서는 아내, 손목자에 대해서 많이 언급하지 않았지만, 이번 한글판에서는 '마일스톤 6'을 통해 많은 내용을 추가했다. 내가 나의 비전을 성취하는 데 가장 많이 기여한 사람은 내 아내이다. 내가 '나를 위한 하나님의 계획'을 성취하도록 하나님은 김목자를 나의 배우자로 선택하셔서 나의 치유자로, 조언자로, 또 'Lifetime Partner & Companion'으로 삼아 주셨다는 사실을 표현하고 싶었다.

아내와 나는 비영리단체, 'Sohn Foundation'을 설립하여 (1) 경제적으로, (2) 신체적으로, (3) 또 사회적으로 불우한 어린이들에게 Christian Leadership Scholarship을 제공한다.

끝으로, 좋은 책을 출판하기 위하여 최선을 다하시는 '행복에너지 출판사'의 권선복 대표님, 오동희 에디터님, 양병무 박사님, 김세준 교수님과 또 추천사를 써 주신, 이동원 목사님, 이영근 박사님, 박옥춘 박사님, 고상환 목사님, 황필남 목사님, 박용덕 박사님, 그리고 번역을 담당해 주신 홍명순 집사님께 심심한 감사의 뜻을 전하면서 하나님의 축복이 늘 함께 하시기를 기원한다.

2021년 12월

미국 워싱턴에서

저자 손영환 (Dr. David Sohn) **드림**

하나님이 가리키신 곳을 향하여
한 발 한 발 내딛은 우직함과 신실함!

권선복
도서출판 행복에너지 대표이사
대한노인회 정책위원

우리 인생에는 저마다 획기적인 전환점이 있습니다. 삶의 일정 시기에 나타나는 이 전환점에 따라 많은 것이 바뀝니다. 직업, 결혼, 주거 등, 다양한 표식으로 등장하는 전환점은 우리 삶의 방향을 틀며 전체적인 삶의 구조에 영향을 끼치고 흐름과 물줄기를 바꿔놓습니다. 이 책의 저자이자 주인공인 손영환 박사님은 굵직한 삶을 살아오면서 이러한 표식을 '마일스톤'으로 정의하고 있습니다. 그것도 '신이 정해준 마일스톤'입니다.

손영환 저자님의 행보는 인상적입니다.

의사의 길을 걷기 위해 연세대학교에 합격하였으나 등록금이 없었던 그는 입학을 포기하고 육군사관학교에 진학합니다. 사관 학교를 졸업한 후 장교 생활을 하는 동안 미국육군통신학교 장학금을 받으며 1년간 미국에서 생활하며 신문물을 접하고 '미국 역사, 전통, 문화와 교육'에 대한 깊은 인상을 받습니다. 저자는 미국에서 공부하면서 '아메리칸 드림'에 대한 정의는 물론 아메리칸 드림을 성취한 미국인들을 직접 만나면서 '오늘의 미국' 특히 미국을 물질적으로 풍요한 나라로 만들었음은 물론 문화, 자선, 도덕면에서도 세계적으로 우월한 나라로 만든 것이 바로 '우수한 교육'의 결과라는 것을 배웠습니다.

당시 부패한 한국 사회를 개혁하는 방법은 '교육의 힘'이라고 믿고 교육을 통한 사회정화를 자신의 비전으로 세우는 동시에 비전성취를 위한 마일스톤들을 세웠습니다.

저자는 일시적으로 생각했던 국회의원 출마를 포기하고 '아메리칸 드림'의 꿈을 안고 미국 유학을 결심합니다.

그의 곁에 한결같이 그를 꾸준히 내조해 온 아내 김목자 약사가 함께하였습니다. 그의 폐결핵을 치료할 수 있도록 돕고 그가 미국에서 생활하는 동안 든든한 동반자로서 그의 곁을 지키며, 그의 아메리칸 드림을 성취하도록 직간접적으로 도운 그녀의 힘으로 그는 더욱 힘을 내어 정진할 수 있었습니다. 멋진 꿈을 향한 아름다운 부부애가 아닐 수 없습니다. 미국에서 컴퓨터공학 석사 학위를 받은 후 그는 대형 IT 회사에 전자 엔지니어로 취직하게 됩니다. 그리고 끝내는 자신만의 회사를 설립하기에 이릅니다. 바로 International Computers & Telecom, Inc.(ICT)입니다.

혈혈단신으로 도미하여 자신만의 회사를 차리기까지 얼마나 많은 노력이 있었을지는 짐작만 할 뿐입니다. 그의 행보는 여기서 그

치지 않습니다. 그의 회사는 미국 정부의 주택 및 도시 개발국과 계약을 체결하고, 후에는 미국의 110개 주요 민간 공항에 저공돌풍예고시스템을 설계, 개발 및 설치하는 계약을 체결하는 등 승승장구를 이어 갔습니다. 국방부를 포함한 많은 연방정부 부서로부터 크고 작은 계약을 성공시켰다는 것은 그의 실력이 미국 내에서 인정받았다는 것을 당당히 증명합니다.

그리고 그의 회사는 마침내, 대한민국의 자랑스러운 국제공항인 인천국제공항 건설의 주계약자로 성공적으로 참여하며 그가 이룬 지식과 기술을 한국에 적용하는 업적을 이루게 됩니다. 그의 인생의 빛나는 승리입니다.

그가 세상에 기여한 것은 기술을 통한 편의만이 아닙니다.

교육으로 세상을 바꾸겠다는 젊은 시절의 신념에 따라 미국에 IGlobal University(IGU)를 설립한 것입니다. "전 세계 모든 인류, 특히 경제적, 육체적 또는 사회적으로 소외된 사람들을 위하여 가장 혁신적이고 효과적이고, 저렴한 교육을 제공함으로써 세상을 변화시키겠다"는 약속을 지키기 위함입니다. 이로써 그는 하나님이 그를 위해 계획하신 10개의 마일스톤들을 모두 이룬 셈입니다.

그의 삶의 자세에서 주목할 만한 점 중 하나는 그가 자신에게 닥친 모든 일을 하나님이 계획하신 마일스톤으로 여기며 절대적으로 긍정했다는 점입니다. 심지어 폐결핵에 걸린 일마저도 육군에서 성공하는 것이 아님을 보여주시기 위한 하나님의 인도하심으로 여기는 자세는 진정한 크리스천의 마음가짐을 보여주고 있습니다. 이러한 삶의 자세는 인생에 닥쳐오는 모든 것을 하나님의 뜻으로 수용하겠다는 적극적인 태도이며 그의 성공을 불러올 수 있었던 겸손한 신앙인 셈입니다.

삶의 굽이굽이마다 굵직한 업적을 기록한 손영환 저자님!

하나님을 향한 그의 사랑과 하나님이 그에게 사명을 부여했음을 굳게 믿은 신앙은 그가 경주한 노력과 더불어 그의 인생을 마일스톤으로의 신실한 실천가로 우뚝 서게 하였습니다.

꿋꿋한 그의 믿음과 열정이 알알이 빛나는 저서『내 인생의 비전과 마일스톤』을 통해 독자 여러분들은 어딘가 모르게 깊숙이 전해져 오는 절대자의 손길을 느낄 수 있을 것입니다. 저자가 평생을 바쳐 이룩해 온 마일스톤의 행적을 살펴볼수있는 책을 만들도록 추천하여 주신 김세준 교수님에게 감사드립니다.

책 곳곳에서 주님의 따뜻하고 섬세한 손길을 느끼시기를 빕니다. 우리의 앞길에도 확실한 마일스톤이 펼쳐져 있기를 기대하고, 독자 여러분께 힘찬 에너지가 넘치기를 소원하며 육군사관학교 29기 김진양 신한시스템 회장님의 세밀한 윤문과 행복경영연구소 양병무 박사님의 편집정리에 감사드리면서 행복한 본서의 발간을 축하드립니다. 감사합니다!

도서출판 '행복에너지'의 해피 대한민국 프로젝트!

〈모교 책 보내기 운동〉

"좋은 책을 읽는 것은 과거의 가장 뛰어난 사람들과 대화를 나누는 것과 같다."
철학자 데카르트의 말입니다. 빌 게이츠 회장은 **"오늘의 나를 있게 한 것은 우리 마을 도서관이었다. 하버드대학 졸업장보다 소중한 것이 독서 하는 습관이다"**라고 강조했습니다.

책은 풍요로운 인생을 위해 절대적으로 필요한 도구입니다. 특히 청소년기에 독서의 중요성은 아무리 강조해도 지나침이 없습니다. 하지만 우리나라 청소년들의 독서율은 부끄러운 수준입니다. 무엇보다도 읽을 책이 부족한 실정입니다. 많은 학교의 도서관이 가난해지고 있습니다. 학생들의 마음 또한 가난해진 상태입니다. 지금 학교 도서관에는 색이 바랜 오래된 책들이 쌓여 있습니다. 이런 책을 우리 학생들이 얼마나 읽고 싶어 할까요?

게임과 스마트폰에 중독된 초등과 중등학생들, 대학 입시 위주의 교육에서 수능에만 매달리는 고등학생들, 치열한 취업 준비에 매몰되어 책 읽을 시간조차 낼수 없는 대학생들. 이런 상황에서도 학생들이 책을 읽고 꿈을 꾸고 도전할 수 있도록 책을 읽는 분위기를 조성해야 합니다. 학생들이 읽을 수 있는 좋은 책을 구비할 필요가 있습니다.

저희 도서출판 '행복에너지'에서는 베스트셀러와 각종 기관에서 우수도서로 선정된 도서를 중심으로 〈모교 책 보내기 운동〉을 전개하고 있습니다.

대한민국의 미래, 젊은 꿈나무들에게 좋은 책을 보내주십시오!

독자 여러분의 자랑스러운 모교에 보내진 한 권의 소중한 책은 학생들의 꿈과 마음을 더욱 풍요롭게 하는 촉매제가 될 것입니다.

책을 사랑하시는 독자 여러분의 많은 관심과 참여를 부탁드립니다.

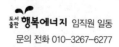

도서출판 **행복에너지** 임직원 일동
문의 전화 010-3267-6277

메타데이타
내 인생의 비전과 마일스톤
글로벌 교육을 위한 아메리칸 드림의 성취
저 자: 손영환 (Dr. David Sohn)

저자 손영환 박사는 이 책에서 하나님은 인간에게 특별한 계획을 갖고 생명을 주시고, 그 계획을 완성할 수 있도록 마일스톤을 세우시며 끝까지 인도하신다고 말한다. 그는 30세에 하나님의 계획을 자기의 비전으로 삼은 다음 자신에게 주신 10개의 마일스톤을 목표로 세우고 하나하나 성취했다고 믿는다.

충남 당진의 가난한 농가에서 태어난 저자는 경제적인 이유로 일반대학교 대신 육군사관학교에 진학했다. 졸업 후에 통신장교로 근무했으나 폐결핵을 앓은 후 정상적인 군복무를 할 수 없어 1967년에 전역했다. 30세에 민간인 생활을 시작한 저자는 언론 기자로 일하면서 부정부패로부터 받는 계속적인 유혹때문에 언론직을 포기했다. 하지만 어려운 삶 속에서 성경을 가까이하며 하나님을 만났고, 자신의 과거에 대한 많은 생각과 기도를 통해 자기를 위한 하나님의 계획을 발견했다. 저자는 그 계획이 "혁신적이고 효율적인 국민교육을 통하여 한국사회와 세계를 변화 시키는 것"이라고 믿고 자기의 비전으로 세웠다.

저자는 자기의 비전을 성취할 수 있도록 하나님이 세운 10개의 마일스톤 중 가장 중요한 "아메리칸 드림의 성취"를 위해 1968년 도미유학을 떠났다. 저자가 아메리칸 드림을 성취하는 과정에서 ICT라는 회사를 설립, 경영했다. ICT는 한국과 다른 많은 나라에 지사를 두면서 국제 IT 및 공항건설 회사로 성장했다. ICT는 1992년부터 2001년까지 인천국제공항 건설의 주계약회사로 활약하여 오늘날 인천공항이 최우수 국제공항으로 선정될 수 있도록 모든 기초를 닦았다.

마지막 마일스톤은 저자의 비전을 완성하는 것으로 저자는 2008년 미국에서 IGlobal University(IGU)를 설립하여 IT와 경영학 학사 및 석사과정을 제공해왔다. IGU는 지난 12년간 한국 학생들을 포함하여 50여 개국에서 입학한 많은 학생들이 온캠퍼스와 온라인으로 수업을 받고 학교를 졸업해왔다.

저자는 2020년 IGU에서 은퇴한 후 10개의 마일스톤을 성공적으로 다 완수했기 때문에 자기를 위한 하나님의 계획을 성취했다고 말한다. 그러나 하나님은 저자에게 "네 목숨이 살아 있는 한, 네 자신이 하나님의 계획과 마일스톤을 깨닫고 또 성취한 모든 과정을 땅끝까지 가서 간증으로 세상 사람들에게 전하라!"고 "지상명령"을 내리신다고 저자는 믿으면서 앞으로 간접선교를 계속하겠다고 다짐한다.